REENCUENTRO CON SU ENEMIGO

ABBY GREEN

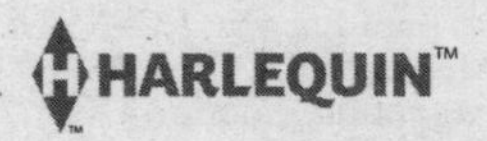

Editado por Harlequin Ibérica.
Una división de HarperCollins Ibérica, S.A.
Núñez de Balboa, 56
28001 Madrid

Reencuentro con su enemigo, n.º 2522 - 8.2.17
Título original: Fonseca's Fury
Publicada originalmente por Mills & Boon®, Ltd., Londres.

I.S.B.N.: 978-84-687-9129-6
Depósito legal: M-41056-2016
Impresión en CPI (Barcelona)
Fecha impresion para Argentina: 7.8.17
Distribuidor exclusivo para España: LOGISTA
Distribuidores para México: CODIPLYRSA y Despacho Flores
Distribuidores para Argentina: Interior, DGP, S.A. Alvarado 2118.
Cap. Fed./Buenos Aires y Gran Buenos Aires, VACCARO HNOS.

Capítulo 1

SERENA de Piero estaba sentada en una elegante antesala, mirando el nombre de la empresa con cuyo presidente estaba a punto de entrevistarse escrito en grandes letras negras en la pared.

Industrias y fundación filantrópica Roseca.

De nuevo, sintió un escalofrío de horror. Solo cuando estaba ya en el avión con destino a Río de Janeiro, leyendo la información sobre el evento que su jefe le había encargado preparar, había entendido que la empresa para la que trabajaba era parte de una organización más importante. Una organización dirigida por Luca Fonseca. El nombre, Roseca era, al parecer, una mezcla de los apellidos de su padre y de su madre. Y Serena no ocupaba un puesto tan importante como para saber eso. Hasta ese momento.

Pero allí estaba, a punto de entrar en el despacho del presidente para ver al único hombre en el planeta que tenía todas las razones para odiarla. ¿Por qué no la había despedido meses antes, en cuanto supo que trabajaba para él? Serena albergaba una insidiosa sospecha: tal vez lo había orquestado a propósito para darle una falsa sensación de seguridad antes de hundirla.

Sería una crueldad intolerable y, sin embargo, aquel hombre tenía derecho a odiarla. Estaba en deuda con él y había muchas posibilidades de que su carrera en el mundo de la filantropía estuviese a punto de terminar antes de haber empezado. Y eso la hizo sentir una mezcla de pánico y determinación. Había pasado mucho tiempo. Aunque aquel fuese un elaborado plan de Luca Fonseca para vengarse en cuanto supo que trabajaba para él, podía intentar convencerlo de cuánto lamentaba lo que había pasado tantos años atrás, ¿no?

Pero antes de que pudiese seguir pensando, la puerta a su derecha se abrió y una elegante morena con traje de chaqueta gris salió del despacho.

–El *senhor* Fonseca puede recibirla ahora, señorita De Piero.

Serena apretó el bolso con fuerza. Le gustaría poder gritar: «¡pero es que yo no quiero verlo!». Pero no podía hacerlo y tampoco podía salir huyendo. Entre otras razones, porque su equipaje seguía en el maletero del coche que había ido a buscarla al aeropuerto.

Mientras se levantaba de la silla un recuerdo la asaltó con tal fuerza que estuvo a punto de hacerla trastabillar: Luca Fonseca con la camisa manchada de sangre, un ojo morado y el labio partido. Estaba en una celda, apoyado en la pared, con aspecto hosco y peligroso. Pero cuando levantó la mirada y la vio al otro lado, el odio en sus ojos azul oscuro la dejó paralizada.

Se había apartado de la pared para agarrarse a las barras de la celda, como si estuviera imaginando que era su cuello, para decirle:

–Maldita seas, Serena de Piero. Ojalá nunca hubiera puesto mis ojos en ti.

–¿Señorita De Piero? El señor Fonseca está esperando.

La voz de la secretaria interrumpió sus pensamientos y se vio forzada a mover los pies para entrar en el fastuoso despacho.

Su corazón latía como si estuviera a punto de salirse de su pecho cuando oyó que la puerta se cerraba tras ella. En los primeros segundos no vio a nadie porque la pared que había frente a ella era un enorme cristal, enmarcando una extraordinaria vista de la ciudad, con el azul oscuro del océano Atlántico a lo lejos y los dos iconos de Río de Janeiro: el Pan de Azúcar y el Cristo Redentor sobre el Corcovado. Entre ellos, incontables rascacielos hasta la costa. Decir que la vista era fabulosa era quedarse corto.

Pero, de repente, la vista fue eclipsada por el hombre que se colocó frente al cristal. Luca Fonseca. Durante un segundo el pasado y el presente se mezclaron y Serena volvió a esa discoteca, a la noche que lo conoció.

Era tan alto, tan atractivo, con una presencia formidable. La gente lo rodeaba, los hombres suspicaces, envidiosos. Las mujeres ansiosas, lujuriosas.

Con un traje oscuro y una camisa abierta, iba vestido como la mayoría de los hombres, pero él llamaba la atención por un carismático magnetismo que la había atraído sin que pudiese evitarlo.

Serena parpadeó un par de veces y la oscura y decadente discoteca desapareció. Tenía un aspecto diferente; su pelo era más largo, algo despeinado, y la incipiente barba le daba un aspecto intensamente masculino.

Parecía un civilizado empresario y, sin embargo, la energía que desprendía no era precisamente civilizada.

Luca cruzó los brazos sobre el ancho torso antes de decir:

–¿Qué demonios crees que haces aquí?

Aunque le gustaría salir corriendo en dirección contraria, Serena dio un paso adelante. No podría apartar los ojos de él aunque quisiera y tuvo que hacer un esfuerzo para hablar.

–Estoy aquí para trabajar en el departamento de recaudación de fondos de la fundación.

–No, ya no –anunció Fonseca con tono seco.

Serena titubeó.

–No sabía que... que usted tuviese nada que ver con esto hasta que tomé el avión.

–Me cuesta creerlo.

–Es cierto. No sabía que tuviese algo que ver con la fundación Roseca. Créame, no tenía ni idea. Si lo hubiera sabido no estaría aquí.

Luca Fonseca dio un paso adelante y Serena tragó saliva. Para ser un hombre tan grande se movía con una gracia innata... y esa increíble serenidad, esa quietud. Era intensamente cautivador.

–No sabía que trabajases en la oficina de Atenas. No suelo controlar las oficinas de fuera del país porque contrato a los mejores para que hagan su trabajo, aunque después de esto creo que mis métodos tendrán que cambiar. De haber sabido que te habían contratado, a ti precisamente, habrías sido despedida hace mucho tiempo –añadió con expresión airada–. Pero debo admitir que me sentí lo bastante intrigado como para dejar que vinieras, en lugar de dejarte en el aeropuerto hasta que encontrásemos un vuelo de vuelta.

De modo que sabía que trabajaba para él. Serena apretó los puños. Su arrogancia era insoportable.

Él miró el reloj de platino en su muñeca.

–Tienes quince minutos antes de irte al aeropuerto.

Estaba despidiéndola.

Luca apoyó una cadera en el borde del escritorio, como si estuviese manteniendo la conversación más normal del mundo.

–¿Y qué hace la degenerada princesa trabajando por un salario mínimo en una fundación de Atenas?

Unas horas antes, Serena estaba tan contenta pensando en su nuevo trabajo. Era la oportunidad de demostrar a su familia que todo iba a salir bien. Su independencia la hacía feliz, pero aquel hombre iba a destruir todo aquello por lo que tanto había luchado.

Durante años había sido la *enfant terrible* de la vida social italiana, fotografiada a menudo por los paparazzi, que siempre exageraban sus aventuras. Pero Serena sabía que había suficiente verdad en esas portadas como para avergonzarse.

–Señor Fonseca –empezó a decir, intentando controlar la emoción–. Sé que debe odiarme.

Luca Fonseca esbozó una sonrisa, pero su expresión era implacable.

–¿Odiarte? No te hagas ilusiones. «Odiar» es una inadecuada descripción de mis sentimientos por ti.

Otro venenoso recuerdo la asaltó entonces: un Luca magullado y esposado por la policía italiana, siendo empujado hacia un coche patrulla mientras gritaba: «¡tú me has inculpado!».

Intentó apartarse de los policías, pero solo consiguió un puñetazo en el estómago que lo hizo doblarse sobre sí mismo. Serena se había quedado estupefacta, muerta de miedo.

–Ella puso las drogas en mi bolsillo para salvarse a sí misma –lo oyó decir mientras entraba en el coche patrulla.

Serena intentó apartar los recuerdos.

–Señor Fonseca, yo no puse las drogas en su bolsillo... no sé quién lo hizo, pero no fui yo. Intenté ponerme en contacto con usted después, pero se había ido de Italia.

–¿Después? ¿Quieres decir cuando volviste de tu viaje de compras a París? Vi las fotografías. Inculpar a otro por posesión de drogas y seguir con tu existencia hedonista era algo normal para ti, ¿no?

Serena tragó saliva. Por inocente que fuera, aquel hombre había sufrido por su breve encuentro con ella. Aún recordaba los escabrosos titulares: *¿El nuevo amor de De Piero? El millonario brasileño Luca Fonseca acusado de posesión de drogas tras una redada en la discoteca más exclusiva de Florencia, La guarida del Edén.*

Pero antes de que Serena pudiera defenderse, Luca se acercó, mirando su traje con gesto desdeñoso.

–Nada que ver con el vestido que llevabas esa noche.

Serena sintió que le ardía la cara al recordar cómo iba vestida la noche que se conocieron; cómo solía vestir todas las noches en realidad.

–De verdad no tuve nada que ver con las drogas, se lo prometo. Todo fue un terrible malentendido.

Él la miró, incrédulo, antes de echar la cabeza hacia atrás para soltar una carcajada.

Cuando sus ojos volvieron a encontrarse, en los de él había un brillo de burla.

–Debo admitir que hay que tener valor para venir aquí a declarar tu inocencia después de tanto tiempo.

Serena se clavó las uñas en las palmas de las manos.

–Sé lo que piensa, pero... –no terminó la frase. Era lo que todo el mundo había pensado. Erróneamente–. Yo no tomaba ese tipo de drogas y...

–Ya está bien –la interrumpió él–. Tenías drogas en tu bonito bolso y las metiste en mi bolsillo en cuanto empezó la redada.

Sintiéndose enferma, Serena insistió:

–Debió ser otra persona, no fui yo.

Fonseca dio otro paso adelante.

–¿Debo recordarte lo cerca que estábamos esa noche? –le preguntó con tono seductor–. ¿Lo fácil que debió ser para ti librarte de las drogas?

Serena recordaba claramente que sus brazos habían sido como bandas de acero alrededor de su cintura y que ella le había echado los brazos al cuello. Tenía los labios hinchados, la respiración agitada. Alguien se había acercado a ellos en la pista de baile, un amigo que les había avisado de la redada.

¿Y Luca Fonseca pensaba que durante esos segundos, en medio del caos, ella había tenido suficiente presencia de ánimo para meterle drogas en el bolsillo?

–Imagino que es algo que habías hecho más veces, por eso no me di cuenta.

Cuando dio un paso atrás Serena pudo respirar de nuevo, pero su mirada la ahogaba.

–Señor Fonseca, solo quiero una oportunidad...

Él levantó una mano y Serena dejó de hablar. Su expresión era peor que fría, era totalmente indescifrable.

Luca Fonseca chascó los dedos, como si se le acabase de ocurrir algo, y esbozó una sonrisa.

–Ah, claro... es tu familia, ¿no? Te han cortado las alas. Andreas Xenakis y Rocco de Marco jamás tolerarían que volvieras a tu degenerada vida y sigues siendo *persona non grata* en los círculos sociales en los que solías moverte. Tu hermana y tú caísteis de pie a pesar de la ruina de tu padre, pero Lorenzo de Piero jamás podrá volver a dar la cara después de las cosas que hizo.

Serena sentía náuseas. No necesitaba que nadie le recordase la corrupción de su padre y sus muchos delitos.

Pero Luca no había terminado.

–Creo que estás haciendo esto contra tu voluntad, por obligación, para demostrar a tu nueva familia que has cambiado. ¿A cambio de qué, una asignación económica? ¿Una casa palaciega en Italia? ¿O tal vez vives en Atenas, donde el hedor de tu empañada reputación es menos penetrante? Después de todo, allí es donde tendrías la protección de tu hermana pequeña que, si no recuerdo mal, era quien solía sacarte de apuros.

Serena empezó a echar humo cuando mencionó a su hermana, experimentando un abrumador deseo protector. Siena lo era todo para ella y jamás la defraudaría. La había salvado, algo que aquel hombre frío y crítico jamás podría entender.

Intentando contener su furia, le espetó:

–Mi familia no tiene nada que ver con esto y nada que ver con usted.

Luca la miró con gesto incrédulo.

–Seguro que tu familia tiene mucho que ver con esto. ¿Has prometido un generoso donativo de su parte a cambio de un alto puesto en la fundación?

–No, claro que no.

Luca lo dudaba. Solo habría tenido que hacer una sutil sugerencia. Cualquier fundación agradecería el patronazgo de su hermanastro, Rocco de Marco, o su cuñado, Andreas Xenakis. Y aunque él era multimillonario, su fundación siempre necesitaría dinero. Disgustado al pensar que sus empleados pudieran haber sido tan fácilmente manipulados, Luca dio un paso atrás.

–No voy a permitir que me utilices para hacer creer a la gente que has cambiado.

Vio que tragaba saliva, pero no sentía ninguna compasión por ella.

No podía parecerse menos a la mujer que había conocido siete años antes; una mujer dorada, sinuosa y provocativa. La que tenía delante iba vestida como si fuera a una entrevista de trabajo en una empresa de seguros. Su largo pelo rubio, casi platino, estaba sujeto en un serio moño y, sin embargo, el traje de chaqueta oscuro no podía esconder su increíble belleza natural o esos penetrantes ojos azules.

Esos ojos que lo habían golpeado en el plexo solar en cuanto entró en el despacho, cuando pudo observarla sin ser visto durante unos segundos. Y el traje tampoco podía disimular sus largas piernas o la generosa curva de sus pechos bajo la camisa de seda.

Le disgustó fijarse en eso. ¿No había aprendido nada? Serena debería arrodillarse ante él para pedirle perdón por haber puesto su vida patas arriba, pero en lugar de eso tenía la temeridad de intentar defenderse.

«Mi familia no tiene nada que ver con esto».

Su tranquilidad estaba siendo erosionada en presencia de aquella mujer. ¿Por qué se hacía preguntas sobre ella? Le daba igual cuáles fueran sus motivos, ya había satisfecho su curiosidad y eso era suficiente.

–No tengo más tiempo para ti. El coche está esperando para llevarte al aeropuerto y espero sinceramente no volver a verte nunca.

¿Entonces por qué le resultaba tan difícil apartar los ojos de ella?

Furioso, volvió a su escritorio esperando oír el ruido de la puerta.

Cuando no fue así giró la cabeza y le espetó:

–No tenemos nada más que hablar.

Le sorprendió ver que palidecía. Y también le sorprendió sentir una extraña punzada de preocupación.

–Solo estoy pidiendo una oportunidad. Por favor –dijo ella entonces, con ese sutil acento italiano.

Luca abrió y cerró la boca, sorprendido. Una vez que anunciaba lo que quería, nadie se atrevía a cuestionarlo. Hasta ese momento. Y aquella mujer, precisamente. No había ninguna posibilidad de que Serena de Piero lo hiciese reconsiderar su decisión y que siguiera en su despacho lo irritaba.

Pero en lugar de admitir la derrota y darse la vuelta, ella dio un paso adelante.

Luca sintió el deseo de empujarla hacia la puerta, pero el recuerdo de su precioso cuerpo apretado contra él, la suave boca rindiéndose a sus caricias aquella noche, provocó una oleada de sangre en su entrepierna.

«Maldita bruja».

Estaba al otro lado del escritorio, mirándolo con sus enormes ojos azules, su postura tan regia como la de una reina recordándole su impecable linaje.

–Señor Fonseca, he venido con las mejores intenciones para trabajar en la fundación, a pesar de lo que usted crea. Y haré lo que sea para demostrar que estoy comprometida con mi trabajo.

A Luca le molestó su persistencia. Y que insistiera en llamarlo «señor Fonseca».

–Tú eres la razón por la que tuve que limpiar mi reputación y ganarme otra vez la confianza de la gente –empezó a decir, apoyando las manos en el escritorio–. Por no hablar de la confianza en el consorcio de minas de mi familia. Estuve meses, años, intentando deshacer el daño que tú habías hecho en una sola noche. El estigma de las drogas es duradero y cuando aparecieron esas fotografías en la discoteca no pude defenderme.

Le dolía en el alma recordar que había intentado proteger instintivamente a Serena de los policías que entraron en tromba en la discoteca porque fue entonces cuando ella tuvo oportunidad de meter las drogas en su bolsillo.

Pensó en las fotografías de ella en París mientras él estaba en Italia siendo acusado de un delito que no había cometido y siguió con tono amargo:

–Mientras tanto, tú seguías viviendo la vida loca. ¿Y después de todo eso crees que permitiría que tu nombre fuese asociado con el mío?

Ella palideció aún más, si eso era posible, revelando los genes que había heredado de su madre británica, una clásica rosa inglesa.

–Me asqueas –añadió.

Sus palabras le dolían como no deberían dolerle, pero algo la empujaba a insistir. Y lo hizo.

Sus ojos eran como oscuros y fríos zafiros, pensó. Tenía razón. Él era el único hombre en el mundo que no debería darle una segunda oportunidad y había sido una tonta al pensar que iba a escucharla.

El ambiente en el despacho era glacial en comparación con el soleado día. Luca Fonseca no iba a decir una palabra más. Ya había dicho todo lo que tenía que decir y solo quería torturarla. Hacerle saber cuánto la odiaba, como si ella tuviese alguna duda.

Por fin, admitiendo la derrota, se dio la vuelta. No habría segunda oportunidad. Levantando la barbilla en un gesto orgulloso se dirigió a la puerta. No quería ver su expresión helada, como si ella fuese algo desagradable en la suela de su zapato.

Cuando salió del despacho fue recibida por la igualmente fría mirada de la ayudante que, sin duda, conocía los planes de su jefe y la escoltó en silencio hasta la calle.

La humillación era completa.

Diez minutos después, Luca hablaba por teléfono.

–Llámame cuando esté en el avión y haya despegado.

Cortó la comunicación y se dio la vuelta en el sillón para mirar hacia el cristal. Su sangre ardía con una mezcla de rabia y excitación. ¿Por qué había querido satisfacer el deseo de volver a verla? Lo único que había conseguido era demostrarle su debilidad por Serena.

Ni siquiera sabía que iba de camino a Río hasta que su ayudante le informó y ya era demasiado tarde para hacer nada al respecto.

Serena de Piero. Su nombre llevaba el sabor del veneno a su boca. Y, sin embargo, la imagen que lo acompañaba, la de Serena en esa discoteca de Florencia, era provocativa, sensual.

Había sabido quién era, por supuesto. Todo el mundo en Florencia había oído hablar de las hermanas De Piero, famosas por su belleza, su porte aristocrático y la vasta fortuna familiar que se remontaba a tiempos medievales. Serena había sido la novia de los paparazzi. A pesar de su existencia degenerada, hiciese lo que hiciese los medios siempre pedían más.

Sus aventuras eran legendarias: fines de semana en Roma dejando habitaciones de hotel destrozadas y a los empleados furiosos. Viajes a Oriente Medio en aviones privados por capricho de un igualmente degenerado jeque que disfrutaba organizando fiestas con sus amigos europeos. Siempre era fotografiada en varios estados de embriaguez, pero eso solo parecía aumentar su atractivo para los paparazzi.

La noche que la conoció estaba en la pista de baile de una discoteca con lo que solo podía ser descrito como una pobre excusa de vestido. Un pedazo de lamé dorado sin mangas y escote palabra de honor con unas borlas, que apenas cubría sus muslos dorados. El largo pelo rubio desordenado cayendo por su espalda y rozando sus voluptuosos pechos. Tenía varios hombres alrededor, todos buscando su atención.

Levantando los brazos, moviéndose al ritmo de la música que ponía un famoso DJ, era el símbolo de la juventud y la belleza. La clase de belleza que hacía que los hombres cayesen de rodillas. Una belleza de sirena que los llevaba al desastre.

Luca hizo una mueca. Él había demostrado no ser mejor que cualquiera de esos hombres, pero desde que ella se acercó moviendo las caderas todo se había vuelto ligeramente borroso. Y él no era un hombre que viese borroso, por guapa que fuese una mujer. Todo en su vida era ordenado y meticuloso porque tenía muchas cosas que conseguir.

Pero sus enormes ojos azules lo habían quemado vivo, encendiendo todas sus terminaciones nerviosas, haciéndole olvidar cualquier otra preocupación. Su piel inmaculada, la nariz aquilina, los labios perfectamente esculpidos, ni demasiado gruesos ni demasiado finos, insinuando una oscura y profunda sensualidad, lo habían fascinado.

Ella le había dicho en tono coqueto:

–Es una grosería quedarse mirando a alguien fijamente.

Y en lugar de darse la vuelta, disgustado por su arrogancia y su mala reputación, Luca había sentido la sangre fluyendo por todo su cuerpo, excitándolo como nunca.

–Tendría que ser ciego para no mirarte. ¿Quieres una copa?

Ella había echado la melena hacia atrás y, durante un segundo, Luca había creído ver un brillo curiosamente vulnerable en esos asombrosos ojos azules. Pero tenía que ser un truco de las luces porque luego susurró:

–Me encantaría.

Odiaba recordarlo, admitir que ella lo afectaba de ese modo. Habían pasado siete años y se sentía tan inflamado de rabia y deseo como esa noche. Era humillante.

Le había dejado claro lo que pensaba de ella. La había despedido. Entonces, ¿por qué no se sentía satisfecho? ¿Por qué experimentaba una incómoda sensación de... haber dejado algo a medias?

¿Y por qué sentía cierta admiración al ver que no daba un paso atrás, al ver que levantaba orgullosamente la barbilla antes de irse?

Capítulo 2

EL HOTEL estaba a unas manzanas de la playa de Copacabana. Decir que era humilde era decir quedarse corto, pero estaba limpio, que era lo importante. Y era barato, lo cual también era importante, considerando que Serena vivía de sus pocos ahorros del año anterior. Se quitó la arrugada ropa de viaje y entró en la diminuta ducha, disfrutando del agua fresca.

Se le encogió el estómago al imaginar la reacción de Luca cuando supiera que no se había ido de Río, pero se armó de valor. Estaba en la cola para facturar el equipaje cuando su hermana la llamó por teléfono. Demasiado dolida como para admitir que volvía a casa tan pronto, y sintiendo de repente que Atenas no era su casa, había tomado la impulsiva decisión de contar una mentira y fingir que todo estaba bien.

Aunque odiaba mentir, y mucho más a su hermana, no lamentaba haberlo hecho. Seguía furiosa con Luca Fonseca por cómo había jugado con ella antes de echarla de su despacho.

Y, por eso, había salido del aeropuerto y había vuelto a la ciudad. Se lavó el pelo con más fuerza de la necesaria. No le gustaban las turbulentas emociones que experimentaba después de volver a verlo y no quería admitir que la había enfurecido como nadie. Lo suficiente como para cometer una imprudencia... cuando creía haber dejado todo eso atrás.

Mientras salía del baño, envuelta en una toalla y con otra en la cabeza, dio un respingo al escuchar unos persistentes golpes en la puerta.

Buscando algo que ponerse, Serena gritó a quien fuera que esperase un momento mientras se ponía unos vaqueros gastados y una camiseta. Se quitó la toalla y dejó que el pelo mojado cayera por su espalda y sus hombros.

Cuando abrió la puerta fue como si hubiera recibido un golpe en el estómago. No podía respirar porque Luca Fonseca estaba al otro lado, echando chispas, más enfadado que antes si eso era posible.

–¿Qué demonios hace aquí, De Piero? –le espetó.

Serena tragó saliva.

–Parece que últimamente eso es lo único que sabe preguntar –el susto que había provocado su inesperada aparición dejó paso a la rabia–. En realidad, yo podría preguntar lo mismo. ¿Qué demonios hace aquí, señor Fonseca? ¿Y cómo demonios ha sabido en qué hotel me alojaba?

Luca apretó los labios.

–Le dije a Sancho, mi conductor, que esperase en el aeropuerto para asegurarse de que subías al avión.

Saber cuánto deseaba perderla de vista la enfadó de tal modo que apretó el picaporte con fuerza.

–Este es un país libre, señor Fonseca. He decidido quedarme unos días de vacaciones y, como ya no trabajo para usted, no creo que sea asunto suyo.

Iba a darle con la puerta en las narices, pero Luca entró en la habitación, cerrando la puerta tras él y obligándola a dar un paso atrás.

Su mirada era glacial y su gesto tan desdeñoso que Serena cruzó los brazos sobre el pecho.

–Señor Fonseca...

–Ya está bien con lo de «señor Fonseca». ¿Por qué sigues aquí, Serena?

Que la llamase por su nombre de pila le recordó lo que había sentido cuando la besó en aquella pista de baile. Oscuro, ardiente, embriagador. Ningún otro beso la había excitado de ese modo. Se había apartado de él sorprendida, como si el beso la hubiera incinerado.

–¿Y bien?

La seca pregunta devolvió a Serena al presente.

–Quiero visitar Río de Janeiro antes de volver a casa –respondió. No iba a contarle cuánto le angustiaba contarle la verdad a su familia.

Luca soltó un poco delicado bufido.

–¿Tienes idea de dónde estás? ¿Pensabas dar un paseo por la playa de noche?

Serena apretó los dientes.

–Te invitaría a pasear conmigo, pero seguro que tienes mejores cosas que hacer.

Su magnetismo animal era casi abrumador en aquel espacio tan pequeño. La incipiente barba y el pelo más largo acrecentaban su intensa masculinidad y podía sentir sus pezones apretándose contra el algodón de la camiseta. Odiaba que aquel hombre la afectase como ningún otro.

–¿Sabes que esta es una de las zonas más peligrosas de Río? Estás a unos minutos de las peores *favelas* de la ciudad.

Serena tuvo que contener el deseo de decir que eso debería alegrarlo.

–Pero la playa está a unas manzanas de aquí.

–Y a nadie se le ocurre ir a esa playa por la noche,

a menos que vayan a comprar drogas o quieran que los roben. Es uno de los sitios más peligrosos de la ciudad... –Luca dio un paso adelante, mirándola especulativamente–. Pero tal vez sea eso. ¿Estás buscando drogas? Tal vez tu familia te tiene bajo vigilancia y estás disfrutando aquí de tu libertad. ¿Les has contado que has sido despedida?

Serena bajó los brazos, pero apenas se dio cuenta de que la mirada de Luca se clavaba en sus pechos. Lo único que sentía era una rabia inmensa y un odio feroz por aquel hombre.

–¿Para qué iba a hacerlo?

Pasó al lado de Luca en dirección a la puerta, pero antes de que pudiese agarrar el picaporte, él la cerró de golpe. Volvió a cruzarse de brazos, fulminándolo con la mirada, consciente de sus pies descalzos y del temblor que su proximidad la hacía sentir.

–Si no te vas en cinco segundos me pondré a gritar.

Luca siguió sujetando la puerta, acorralándola.

–El gerente pensará que estamos pasándolo bien. No puedes ser tan ingenua como para no saber que este hotel alquila las habitaciones por horas.

Serena sintió que le ardía la cara. Primero por pensar en aquel hombre haciéndola gritar de placer y después por su propia ingenuidad.

–Pues claro que no –replicó, intentando poner distancia entre ellos.

Luca se cruzó de brazos.

–No, ya imagino. Después de todo, no es a lo que tú estás acostumbrada.

Serena pensó en las condiciones espartanas de la clínica de rehabilitación en la que había estado ingresada durante un año y luego en su diminuto estudio en una zona poco recomendable de Atenas.

–¿Cómo ibas a saberlo?

Luca hizo una mueca.

–¿Estás decidida a quedarte en Río?

Nunca más que en ese momento. Aunque solo fuera para fastidiarlo.

–Sí.

–Lo último que necesito ahora mismo es que un reportero te vea yendo de copas o de compras.

Serena tuvo que morderse la lengua. Él no sabía nada sobre su nueva vida. ¿De copas, de compras? Todo eso había terminado.

–Me pondré un bolso de Louis Vuitton sobre la cabeza mientras compro un vestido de la última colección de Chanel. ¿Eso serviría de algo?

La broma no cayó bien y pudo ver una vena latiendo en la frente de Luca.

–Que te fueras de Río sería aún mejor.

–A menos que pienses echarme de aquí con tus propias manos, eso no va a pasar. Y si lo intentas llamaré a la policía y te denunciaré por acoso.

Luca no se molestó en decirle que, con los graves problemas que había en la ciudad, la policía no se molestaría en atenderla. Y que hacer eso solo serviría para despertar el interés de los paparazzi, que lo seguían a menudo.

Pensar que pudieran verla y asociarla con él lo ponía nervioso. Ya había tenido suficiente mala prensa después de lo que pasó en Italia como para arriesgarse.

Entonces se le ocurrió una idea. No era una que le gustase particularmente, pero parecía la única opción en ese momento. Haría que Serena de Piero se fuera de Río inmediatamente; con un poco de suerte en un par de días.

–Antes has dicho que querías otra oportunidad y harías lo que fuera para conseguirla.

Serena se quedó muy quieta, sus enormes ojos azules clavados en él. Luca suspiró. La habitación le parecía demasiado pequeña y solo podía verla a ella. Cuando bajó los brazos, sus ojos se habían clavado ansiosamente en sus pechos... y aún recordaba el roce de los duros pezones contra la camiseta. Debajo no llevaba nada y sintió que la sangre se arremolinaba en su entrepierna, excitándolo como nunca.

«¡Maldita fuera!».

–¿Quieres una oportunidad o no? –repitió él, molesto por su silencio y porque seguía ahí.

Serena parpadeó.

–Sí, claro que sí.

Su voz se había vuelto ronca y eso afectó directamente a su entrepierna. Aquello era un error y lo sabía, pero no tenía otra opción. Debía limitar los daños.

–Dirijo una empresa minera y debo visitar las minas de Iruwaya y a la tribu que vive cerca para comprobar sus progresos. Puedes demostrar que estás comprometida yendo conmigo como ayudante para tomar notas. El poblado es parte de una red global de comunidades, así que tiene que ver con tu trabajo.

–¿Dónde está?

–Cerca de Manaos.

Serena abrió mucho los ojos.

–¿En medio del Amazonas?

Luca asintió con la cabeza. Tal vez había dado en el clavo. Tener que trabajar de verdad haría que se fuese de Río.

Pero Serena lo miró con esos ojazos azules y preguntó con gesto decidido:

–Muy bien. ¿Cuándo nos vamos?

Su respuesta lo sorprendió tanto como que se alojase en aquel hotel barato. Había esperado encontrarla en uno de cinco estrellas, pero tal vez su familia le había retirado los fondos.

Daba igual, pensó, enfadado consigo mismo por hacerse esas preguntas.

–Mañana –respondió–. Mi chófer vendrá a recogerte a las cinco de la mañana.

De nuevo, esperaba que ella diese marcha atrás, pero no lo hizo. Miró la ropa en la maleta y las cosas de aseo tiradas sobre la cama. Notó, a su pesar, que olía muy bien; un olor limpio y dulce, nada que ver con el perfume sexy que recordaba.

–Alguien vendrá dentro de una hora para traerte una mochila con todo lo que necesitas. No podrás llevar tu maleta.

Ella lo miró con gesto receloso.

–¿Por qué?

Luca la miró a los ojos, no sin cierta punzada de culpabilidad:

–¿No he mencionado que tendremos que abrirnos paso por la selva para llegar al poblado? Se tardan dos días desde Manaos.

–No –respondió ella–. No habías dicho nada de eso. ¿Es seguro?

Luca esbozó una sonrisa, disfrutando al pensar que se echaría atrás después de media hora caminando por una selva infestada de insectos y vida salvaje. Estaba seguro de que tras su primer encuentro con las numerosas especies animales del Amazonas dejaría de fingir. Pero, por el momento, lo dejaría estar. Porque si no lo hacía, Serena sería una bala perdida, una bomba de relojería en Río de Janeiro. De aquel modo tendría que admitir la derrota y se marcharía por decisión propia.

Tendría preparado un helicóptero para sacarla de allí y llevarla al aeropuerto.

–Es seguro si vas con un guía experto que conozca la zona.

–¿Y tú eres ese guía?

–Llevo años visitando las tribus y explorando el Amazonas. No podrías estar en mejores manos.

La expresión de Serena dejaba claro que no confiaba en él y Luca sonrió mientras arqueaba una ceja.

–Puedes negarte, depende de ti.

–Y si digo que no, seguro que tú mismo me llevarás al aeropuerto. Pero si lo hago y demuestro que estoy comprometida con mi trabajo, ¿dejarás que ocupe el puesto que vine a cubrir?

La sonrisa de Luca desapareció. De nuevo experimentó esa punzada de admiración, pero intentó aplastarla.

–Como estoy seguro de que no aguantarás dos horas en la selva, no tiene sentido hablar de ello. Solo estás retrasando tu inevitable regreso a casa.

Ella levantó la barbilla en un gesto orgulloso.

–Hará falta algo más que una excursión por la selva para que me eche atrás, Fonseca.

Aunque hacía un calor bochornoso, aún era de noche cuando Serena salió del coche en el aeródromo privado doce horas después. Lo primero que vio fue la alta figura de Luca metiendo cosas en una avioneta y, de inmediato, tuvo que armarse de valor.

Él apenas la miró mientras llegaba a su lado junto al chófer, que llevaba una mochila en la mano. Pero cuando su oscura mirada se clavó en ella el corazón de Serena se aceleró.

–¿Has pagado la factura del hotel?

«Buenos días para ti también», pensó ella, enfadada consigo misma al notar que le temblaban las piernas.

–Mi maleta está en el coche.

Luca intercambió unas palabras con el conductor mientras tomaba su mochila y la metía en la avioneta.

–Se quedará en mi oficina hasta que vuelvas.

La evidente implicación era que volvería ella sola, por supuesto.

–No voy a irme antes de tiempo –anunció, intentando no dejarse amedrentar.

Luca la miró de arriba abajo. Llevaba la ropa que le había entregado el conductor: un pantalón ligero, un chaleco sin mangas bajo una camisa de color caqui y botas de senderismo. El atuendo era parecido al que llevaba Luca, salvo que su ropa parecía usada y no podía esconder los impresionantes músculos.

Serena maldijo en voz baja. ¿Por qué aquel hombre la afectaba como no lo hacía ningún otro?

Luca, que se había vuelto hacia la avioneta para meter la mochila, dijo por encima de su hombro:

–Vamos, tenemos mucho camino por delante.

–Sí, señor –murmuró ella, burlona. Pero mientras se abrochaba el cinturón de seguridad lo vio sentarse en la cabina y dejó escapar una exclamación.

–¿Tú eres el piloto?

–Evidentemente –respondió él, burlón.

Serena intentó tragar saliva.

–¿Tienes el título acaso?

Luca, ocupado pulsando interruptores y botones, la miró un momento por encima del hombro.

–Desde los dieciocho años. Relájate, no te va a pasar nada.

Se puso los cascos para comunicarse con la torre de control y enseguida la avioneta empezó a moverse por la pista. Serena no solía ponerse nerviosa en los aviones, pero se agarró a los brazos del asiento. Estaba en una avioneta, dirigiéndose a la selva más densa del mundo, al ecosistema más peligroso, con un hombre que la odiaba a muerte.

De repente, imaginó una serpiente cayéndole sobre la cara y se estremeció cuando la avioneta despegó del suelo. Desgraciadamente, su ánimo no se elevó como el aparato, pero se consoló a sí misma pensando que no tendría que volver a Atenas con el rabo entre las piernas... al menos de momento.

Mientras admiraba, a su pesar, los anchos hombros de Luca, no era capaz de sentir la antipatía que quería sentir por él. Después de todo, tenía una buena razón para creer que le había tendido una trampa siete años antes.

Cualquier otra persona hubiera pensado lo mismo. Cualquiera salvo su hermana, que se había limitado a mirarla con esa expresión suya tan triste que le recordaba lo atrapadas que estaban las dos por las circunstancias y por su lamentable adicción a los fármacos para controlar el dolor.

Su padre era un hombre demasiado poderoso y Siena era demasiado joven como para que Serena intentase algo tan drástico como escapar. Y cuando su hermana cumplió la mayoría de edad, Serena ya no tenía fuerzas para hacer nada drástico. Lorenzo de Piero se había encargado de ello. Además, eran demasiado conocidas. Cualquier intento de escapar habría terminado en unas horas porque su padre habría enviado a sus matones a buscarlas. Estaban tan indefensas como si las hubiera encerrado en una torre.

–Serena...

Ella levantó la cabeza y vio que Luca la miraba con gesto impaciente. Debía haberla llamado un par de veces, pero estaba tan perdida en sus pensamientos...

–¿Qué?

–Estaba diciendo que el vuelo durará cuatro horas –Luca señaló una bolsa en el suelo–. Ahí tienes información sobre la tribu y las minas. Deberías echarle un vistazo.

Cuando se dio la vuelta Serena tuvo que contenerse para no sacarle la lengua. Había sido dominada por un hombre durante casi toda su vida y no estaba dispuesta a dejar que nadie volviese a tratarla de ese modo.

Mientras buscaba los documentos se recordó a sí misma que aquello era un medio para conseguir un fin. Había decidido ir con Luca y le demostraría su compromiso aunque fuese lo último que hiciera. En los últimos años se había acostumbrado a centrarse en el presente, a no mirar atrás. Y en aquel momento necesitaba eso más que nunca.

Cuatro horas después, con la cabeza llena de datos sobre el sitio al que se dirigían, Serena se sentía un poco más tranquila. Estaba fascinada y emocionada por el viaje, que le parecía una pequeña victoria.

Aterrizaron en un aeródromo privado y, después de un ligero desayuno preparado para ellos en una sala VIP, Luca empezó a cargar bolsas y suministros en la parte trasera de un jeep.

Su mochila era tres veces más grande que la suya

y cuando vio que guardaba un machete los nervios se le agarraron al estómago. Tal vez estaba haciendo una tontería. ¿Cómo iba a sobrevivir en la selva? Ella era una chica de ciudad... esa era la única selva que conocía y entendía.

Pero cuando Luca arqueó una ceja en un gesto burlón, Serena dio un paso adelante. No iba a dejarse amedrentar.

–¿Puedo hacer algo?

–No hace falta –respondió él–. Vamos, no tenemos todo el día.

Poco después, mientras conducía entre el tráfico de Manaos, que empezaba a despejarse a medida que se alejaban del centro de la cuidad, Luca le dio una charla sobre cómo sobrevivir en la selva.

–Lo único que debes hacer es obedecer mis órdenes. La selva es percibida como un ambiente hostil, pero no tiene por qué serlo... mientras uses la cabeza y estés constantemente en guardia sabiendo lo que te rodea.

Un diablillo dentro de Serena la empujó a preguntar:

–¿Siempre eres tan autoritario o es solo conmigo?

Para su sorpresa, Luca esbozó una sonrisa, provocando una reacción de proporciones sísmicas en su estómago.

–Me dedico a dar órdenes y la gente obedece.

Ella dejó escapar un bufido de desdén. Esa había sido también la filosofía de su padre.

–Pues entonces tu vida debe ser muy aburrida.

La sonrisa desapareció.

–La gente suele obedecer cuando les interesa conseguir algo... como tú misma estás demostrando ahora mismo.

Su cínico tono hizo que Serena arrugase la frente y

eso lo molestó. Ni siquiera sabía de dónde salía ese cinismo.

–Me has ofrecido una oportunidad para demostrar que estoy comprometida con mi trabajo y eso es lo que estoy haciendo.

Luca se encogió de hombros.

–Eso es lo que digo, que tienes algo que ganar.

–¿Seguro? –preguntó ella en voz baja, pero Luca no la oyó, o tal vez pensó que no merecía la pena responder. Evidentemente, la respuesta era «no».

La ciudad pronto dejó paso a la vegetación, cada vez más densa, hasta que estuvieron rodeados. La selva parecía dispuesta a invadir a su rival de cemento en cuanto tuviese oportunidad.

La curiosidad superó al deseo de limitar su conversación con Luca.

–¿Como empezaste a interesarte por estas minas en particular?

Una de sus manos estaba acariciando indolentemente el volante, la otra sobre su muslo. Era un buen conductor; prudente, pero rápido. Cuando la miró, Serena sintió como si estuvieran envueltos en un capullo de exuberante vegetación. No existía nada más.

Él volvió a mirar la carretera.

–Las abrió mi abuelo cuando encontraron bauxita. La zona fue saqueada, devastada de vegetación y los indios nativos expulsados para montar un campamento. Fueron las primeras minas de mi familia y, por tanto, en las que quería centrarme para intentar controlar los daños.

Serena recordó lo que había leído.

–¿Pero siguen funcionando?

Luca frunció el ceño mientras ponía las dos manos en el volante, como si ese recordatorio lo enfureciese.

–Sí, pero en menor escala. El campamento principal ya ha sido destruido y los mineros viven en un poblado cercano. Cerrarlas del todo afectaría a las condiciones de vida de cientos de personas. Dejaría a los trabajadores sin las subvenciones del gobierno, sin educación para sus hijos y muchas cosas más. Ahora mismo las usamos como proyecto piloto para desarrollar operaciones sostenibles. Los beneficios servirán para regenerar enormes zonas de selva que han sido destruidas. Nunca estarán regeneradas del todo, pero los nativos que fueron expulsados de aquí podrán volver para cultivar sus tierras y vivir de ellas.

–Parece un proyecto muy ambicioso –comentó Serena, intentando no mostrarse demasiado impresionada. La experiencia con su padre le había enseñado que los hombres podían ser maestros en el arte del altruismo mientras escondían un alma tan corrupta como la del demonio.

Podía ver la determinación en sus ojos, la misma que había visto en los de su padre cuando quería conseguir algo. Avaricia de poder, de control, de hacer daño.

–Es un proyecto ambicioso, pero es mi responsabilidad. Mi abuelo hizo mucho daño a este país y mi padre siguió con esa imprudente destrucción, pero yo me niego a perpetuar el mismo error. Aparte de otras consideraciones, hacerlo sería ignorar que el planeta es muy vulnerable en este momento.

Serena se quedó sorprendida por su tono apasionado. Tal vez era sincero.

–¿Por qué te importa tanto?

Luca permaneció tanto rato en silencio que pensó que no iba a responder.

–Porque veía el odio que los nativos y hasta los

mineros sentían por mi padre y los hombres como él cada vez que visitaba su imperio –dijo por fin–. Empecé a investigar cuando era muy joven y me quedé horrorizado al descubrir el daño que habían hecho, no solo en nuestro país sino a nivel mundial, y me decidí a terminar con ello.

Serena miró su serio perfil, sintiendo un nuevo respeto por él. Luca estaba haciendo girar el jeep hacia una abertura casi escondida entre los árboles. El camino estaba lleno de baches, los enormes y majestuosos árboles tan cerca que casi podía tocarlos.

Después de unos diez minutos adentrándose en la selva, llegaron a un claro donde había una moderna instalación de dos plantas camuflada para mezclarse con su entorno.

Luca detuvo el jeep al lado de otros vehículos.

–Esta es nuestra base de operaciones en el Amazonas. Tenemos otras más pequeñas en diferentes sitios –le explicó, mirándola mientras bajaba del jeep–. Deberías aprovechar la oportunidad para usar el baño mientras estamos aquí.

Serena apartó la mirada. No quería que viese la emoción que empezaba a sentir al estar en un lugar tan asombroso. Estaba como hipnotizada por el denso follaje. Tenía la impresión de que la selva era contenida solo por pura fuerza de voluntad y que a la mínima oportunidad extendería sus raíces y cubriría aquel sitio.

–El baño está por allí –dijo Luca, señalando una pequeña construcción de ladrillo.

Cuando Serena entró en el baño y vio su imagen en el espejo tuvo que hacer una mueca. Estaba acalorada y sudorosa, y convencida de que al final del día tendría un aspecto aún peor.

Después de echarse agua en la cara y hacerse una práctica trenza salió del baño dispuesta a seguir adelante, decidida a no flaquear ante el primer obstáculo.

Luca le ofreció su mochila y señaló una especie de manguera de caucho que sobresalía de uno de los lados.

–Es una cantimplora. Bebe a sorbitos y a menudo. Volveremos a llenarla más tarde.

Era un alivio descubrir que la mochila no pesaba. En cambio, la de Luca, que debía contener las provisiones y la tienda de campaña, era tres veces más grande.

Serena se asustó al ver que se colocaba una funda de pistola en la cintura.

–Solo es un arma tranquilizante –dijo él con gesto burlón–. Métete los pantalones dentro de los calcetines y cierra los puños de la camisa.

Cada vez más nerviosa, Serena hizo lo que le pedía. Cuando volvió a mirarlo, sintiéndose como una niña cuyo uniforme iba a ser inspeccionado, Luca tenía una ceja enarcada sobre esos asombrosos ojos de color azul marino.

–¿Estás segura del todo? Ahora sería el mejor momento para echarte atrás, si esa es tu intención.

Serena se puso en jarras y escondió sus nervios haciéndose la valiente.

–¿No habías dicho que no teníamos todo el día?

Capítulo 3

UN PAR de horas después, Serena pisaba solo donde pisaba Luca, tarea nada fácil porque sus piernas eran mucho más largas. Respiraba con dificultad, ríos de sudor corriendo por todo su cuerpo. Estaba empapada y no era ningún consuelo ver la camisa de Luca empapada de sudor porque eso solo servía para destacar su impresionante físico.

Sabía lo que la esperaba, pero la selva era más húmeda de lo que nunca hubiera podido imaginar. Y ruidosa. Increíblemente ruidosa. Había levantado la mirada numerosas veces para ver pájaros de colores gloriosos cuyo nombre desconocía y en una ocasión había visto a unos monos saltando perezosamente de un árbol a otro.

Aquel sitio era un asalto a sus sentidos y desearía parar un momento para intentar asimilarlo todo, pero no se atrevía a decirlo porque Luca, que no se había detenido una sola vez, esperaba que lo siguiese. Se limitaba a mirar hacia atrás de vez en cuando, presumiblemente para asegurarse de que no había sido arrastrada hacia la densa vegetación por una de las míticas bestias que conjuraban sus miedos.

Cada vez que oía un ruido aceleraba el paso y cuando Luca se detuvo bruscamente estuvo a punto de chocar con él, pero se detuvo a tiempo.

Vio que estaban al borde de un claro. Era un alivio

salir del ambiente opresivo de la selva y respirar a pleno pulmón, pero se llevó las manos a las caderas para disimular que estaba a punto de sufrir un colapso.

Luca sacó algo de un bolsillo del pantalón. Parecía un móvil antiguo, un poco más largo que los modelos modernos.

–Es un teléfono por satélite. Si llamo al helicóptero estará aquí en quince minutos. Esta es tu última oportunidad para echarte atrás.

Nada le gustaría más que ver un helicóptero apareciendo en el horizonte. O poder echarse agua fría en la cara. Estaba ardiendo, sudando como nunca, y le dolían todos los músculos. Pero, perversamente, nunca se había sentido más llena de energía, a pesar del calor. Además, no pensaba mostrar debilidad ante aquel hombre. Él era lo único que se interponía entre ella y la independencia.

–No pienso ir a ningún sitio.

Vio que él ponía cara de sorpresa y levantó la barbilla en un gesto de satisfacción. Le demostraría que podía hacerlo.

Luca esbozó una sonrisa mientras señalaba algo con la mano.

–¿Estás absolutamente segura?

Serena bajó la mirada y todo su cuerpo se paralizó de terror al ver un escorpión negro subiendo por su bota, con la cola levantada sobre su arácnido cuerpo.

Sin previa experiencia en algo tan potencialmente peligroso, tuvo que controlar el pánico mientras empujaba al animal con la punta del bastón hasta que cayó al suelo. Sintiéndose ligeramente mareada, volvió a levantar la mirada.

–Como he dicho, no pienso ir a ningún sitio.

Luca no pudo disimular un gesto de admiración.

Poca gente hubiera reaccionado de ese modo al ver un escorpión. Hombres incluidos. Y las mujeres que él conocía habrían aprovechado la oportunidad para echarse en sus brazos, gritando de terror.

Algo en su pecho se encogió por un momento, dejándolo sin respiración. A pesar de estar sudorosa y desaliñada seguía siendo bellísima, la mujer más bella que había conocido nunca. Podía entender en ese momento que muchos hombres perdieran la cabeza por la belleza de una mujer.

Pero él no.

Porque sabía de primera mano que Serena de Piero era capaz de dejar que otros pagasen por sus errores.

–Muy bien –dijo con desgana–. Entonces, sigamos adelante.

Dándole la espalda al provocativo y arrebolado rostro de Serena, siguió caminando por la selva.

Ella intentó llevar oxígeno a sus pulmones mientras miraba el claro por última vez y después lo siguió, incapaz de contener una sensación de triunfo. Lo seguía sin quejarse por el daño que le hacían las botas o el dolor en los tobillos. No podía mostrar debilidad porque Luca se aprovecharía de ello como un depredador agotando a su presa.

Sentía como si estuviera flotando por encima de su cuerpo. El dolor afectaba a tantas partes de su cuerpo que no podría decir qué le dolía más. La mochila, que le había parecido ligera esa mañana, en aquel momento parecía cargada de piedras.

Un par de horas después se detuvieron para comer. Luca sacó unas barritas de proteínas y tomó de un árbol unos frutos parecidos a los higos, que por cierto estaban riquísimos. Y luego siguieron caminando.

Tenía los pies dormidos desde hacía rato, la garganta parcheada por mucha agua que bebiese y las piernas como gelatina. El ritmo de Luca era despiadado y ella no estaba dispuesta a pedirle que parase.

Pero entonces él se detuvo y miró alrededor, sujetando una brújula.

–No te apartes de mí hasta que yo te lo diga.

Serena fue pegada a él durante unos minutos y trastabilló cuando se detuvo bruscamente. Luca se volvió para sujetarla.

–Este es el campamento –anunció.

Ella parpadeó, intentando disimular el cosquilleo que había provocado el roce de sus manos.

–¿El campamento?

Estaban frente a un pequeño claro y la cacofonía de ruidos que los había acompañado hasta entonces había cesado. Era como si todos los animales de la selva estuvieran observando. El intenso calor también había disminuido ligeramente.

–Es tan silencioso.

–No dirás eso en media hora, cuando empiece el coro nocturno –respondió Luca mientras se libraba de la mochila–. Quítate la tuya.

Serena lo hizo y estuvo a punto de gritar de alivio al hacerlo. Era como si pudiera flotar por encima de la selva sin ese peso.

Luca estaba en cuclillas, sacando cosas de la mochila, la tela del pantalón tirante sobre los poderosos muslos. Y Serena no podía apartar la mirada.

Estaba desenrollando la tienda de campaña, que parecía alarmantemente pequeña.

–No vamos a dormir ahí –protestó.

Luca clavó una estaca en el suelo con innecesaria fuerza.

–Sí, *minha beleza*, a menos que prefieras arriesgarte

a dormir al raso. Hay jaguares en esta zona y seguro que disfrutarán devorando tu dulce carne.

Serena sintió pánico al pensar en compartir un espacio tan reducido con él.

–Estás mintiendo.

Luca la miró, imposiblemente oscuro y peligroso.

–¿De verdad quieres arriesgarte? Haz lo que quieras, pero si no te devoran los jaguares lo harán miles de insectos... por no hablar de los murciélagos –le advirtió–. Mientras lo estás pensando voy a rellenar las cantimploras. Y tú podrías encender el hornillo. Tenemos que comer algo.

Cuando se alejó, Serena tuvo que contener el cobarde deseo de pedir que la esperase. Estaba segura de que solo lo había dicho para asustarla. Aun así, miró nerviosamente alrededor y se quedó cerca de la tienda, murmurando para sí misma lo arrogante que era aquel hombre.

Cuando Luca volvió poco después, ella estaba esperando al lado de la tienda con expresión nerviosa. Se detuvo un momento para observarla, escondido tras un árbol. Tenía mala conciencia por haberla asustado, pero su sangre se calentaba solo con mirarla.

La ropa se pegaba a su cuerpo después de un día caminando a buen paso por el ecosistema más húmedo de la tierra, destacando los pechos firmes y generosos, la estrecha cintura, la suave curva de sus caderas...

La había llevado allí con el propósito de que saliera corriendo en dirección contraria, tan lejos de él como fuera posible, pero había ido a su lado todo el camino.

Aún recordaba su expresión de terror al ver el escorpión y cómo había intentado disimular. Había caminado a gran velocidad a propósito y, sin embargo, cada vez que miraba hacia atrás Serena estaba allí, a su lado, con la cabeza baja, mirando dónde pisaba como le había pedido. El sudor corría por su cara y cuello, perdiéndose por el escote del chaleco hasta el valle entre sus pechos...

Maldita fuera. Odiaba admitir que hasta ese momento la había visto solo como una irritación temporal, como una garrapata de la que por fin se desharía y lo dejaría en paz, pero estaba demostrando ser más fuerte y valiente de lo que había pensado. Desde luego, no había esperado compartir tienda de campaña con Serena de Piero, la degenerada que vivía para ir de fiesta y que solo pensaba en sí misma, la que esperaba se fuera de Río de Janeiro en cuanto él lo ordenase.

Pero no se había ido.

¿Quién demonios era aquella mujer si no era la mimada heredera a la que conoció en Italia? ¿Y por qué le importaba tanto?

Serena se mordió los labios. El sol empezaba a esconderse y no había señales de Luca. Se sentía intensamente vulnerable allí, consciente de su insignificancia frente a la grandiosidad de la naturaleza. Una grandiosidad que la mataría en un segundo si tuviese oportunidad.

El crujido de una rama la alertó de su presencia. Luca apareció, oscuro y poderoso, entre los árboles y el alivio al saber que no estaba sola la dejó momentáneamente mareada, pero se recordó a sí misma que lo odiaba por haberla asustado a propósito.

–¿Temías que me hubiese comido un jaguar, princesa?

–Una puede soñar –comentó ella, burlona–. Y no me llames princesa.

Luca miró el hornillo.

–Veo que al menos sabes seguir instrucciones.

Serena hizo una mueca de fastidio, pero no dijo nada.

Luca empezó a recoger ramas y, decidida a no mostrar lo asustada que estaba, preguntó alegremente:

–¿Puedo ayudar?

–Puedes recoger leña, pero comprueba que no esté viva antes de agarrarla.

Empezó a hacerlo con cuidado, pero una ramita resultó ser un escarabajo camuflado que salió corriendo y casi la hizo gritar del susto.

Por suerte, cuando levantó la mirada para ver si Luca se había dado cuenta él estaba concentrado en mover un montón de troncos. Había atardecido y los enormes árboles eran como sombras gigantes a su alrededor.

Serena empezó a notar los sonidos nocturnos de la selva. El ruido crecía y crecía hasta volverse ensordecedor, como si un millón de grillos cantasen a la vez, para convertirse unos minutos después en un sonido más armonioso.

Cuando dejó las ramas secas que había encontrado frente a la hoguera Luca se dispuso a encender el fuego. Empezaba a recuperar la sensibilidad en los pies, pero le dolían muchísimo.

–¿Qué te pasa? –le preguntó él con sequedad.

–Tengo ampollas en los pies –respondió ella, a regañadientes.

–Déjame ver.

La luz dorada de las llamas bailaba sobre su rostro y, durante un segundo, Serena se quedó tan transfigurada que no podía moverse. Era el hombre más atractivo que había visto nunca y tuvo que hacer un esfuerzo para responder:

–No es nada.

–No me ofrezco porque me importe lo que te pase, pero si tienes ampollas y explotan podrían infectarse con esta humedad. Entonces no podrías caminar y no tengo intención de llevarte en brazos.

–Ah, qué elocuente. No me gustaría ser una carga para ti, te lo aseguro.

Luca señaló un tronco al lado del fuego y se puso en cuchillas.

–Quítate las botas –dijo con voz ronca.

Serena desató los cordones y, aunque lo intentó, no pudo evitar una mueca de dolor al quitárselas. Luca apoyó un pie en su muslo y el roce de su mano aceleró tontamente su corazón.

–¿Qué haces?

–Tengo entrenamiento médico, relájate –respondió él, sacando un botiquín.

Serena cerró la boca. ¿No había fin para sus talentos?

–¿Por qué tienes entrenamiento médico?

Él la miró un momento antes de seguir con lo que hacía.

–Estaba visitando un poblado con mi padre cuando era más joven y un niño se atragantó. Nadie sabía qué hacer y murió delante de nosotros.

–Qué horror.

El recuerdo más doloroso apareció en su cerebro antes de que pudiese bloquearlo. También ella había visto morir a alguien y era algo que estaba grabado en su memoria como un tatuaje. Sus defensas no parecían ser tan robustas estando tan cerca de aquel hombre. Podía empatizar con la impotencia de Luca y esa afinidad la sorprendía.

–No tan horrible como para que mi padre no echase

a la tribu de aquí. Apenas dio tiempo a los padres para enterrar al niño... para él no eran nada más que un problema del que tenía que librarse.

Luca tiró de sus calcetines y notó que contenía el aliento al ver las ampollas.

–Esto es culpa mía.

Serena parpadeó. ¿Había dicho eso de verdad? ¿Y con tono de disculpa? Eso la sorprendió.

Él la miró con una expresión indescifrable.

–No se debe caminar tantas horas con unas botas nuevas. Es normal que tengas ampollas. Debes llevar horas sufriendo.

Serena se encogió ligeramente de hombros y apartó la mirada.

–No soy ninguna mártir, es que no quería quedarme atrás.

–La verdad es que yo no había esperado que llegases tan lejos. De hecho, estaba seguro de que te echarías atrás antes de salir de Río.

Sus ojos se encontraron un momento y el corazón de Serena se encogió. Lo único que podía ver eran los poderosos músculos de Luca bajo sus pies. Él apartó la mirada entonces para sacar algo del botiquín y el momento se esfumó, pero la dejó temblando.

Tenía unas manos tan grandes y capaces. Masculinas, pero sorprendentemente suaves mientras limpiaba las ampollas y luego las cubría con una venda.

Estaba volviendo a ponerle los calcetines y levantó la mirada.

–Has dicho un par de veces que tú no metiste las drogas en el bolsillo. Pero olvidas que yo estaba allí, te vi.

Esa afirmación la pilló por sorpresa. A pesar de que la había hecho marchar por la selva como una especie de recalcitrante prisionera casi había empezado a sentir simpatía por él.

«Qué tonta».

Luca solo había visto una parte de su vida, pero en realidad no sabía nada de ella. Nadie sabía la verdad.

–Viste lo que querías ver –respondió con amargura.

Serena intentó evitar su mirada mientras tomaba las botas, pero Luca se las quitó de la mano.

–Siempre debes mirar dentro antes de ponértelas, por si se hubiera metido algún insecto.

Serena sintió un escalofrío mientras volvía a meter los pies en las botas.

–Muy bien.

–¿Qué significa eso? ¿Por qué dices que vi lo que quería ver?

Molesta por su insistencia, Serena lo fulminó con la mirada. La luz de la hoguera iluminaba solo una parte de su cara, dándole un aspecto aún más oscuro y peligroso.

–Creo que tengo derecho a saberlo. Me debes una explicación.

A Serena se le encogió el estómago. La oscura selva a su alrededor la hacía sentir como si no hubiera nada más en el mundo que aquel sitio.

Vaciló durante un segundo, pero al final respondió:

–Yo no era adicta a ese tipo de drogas... nunca he tomado drogas recreativas. Era adicta a los fármacos y al alcohol, pero no volveré a tocarlos.

Luca por fin se apartó, con el ceño fruncido, y ella respiró de nuevo... pero solo durante un segundo.

–¿Cómo te hiciste adicta a los fármacos?

Serena suspiró, agobiada. No quería pensar en el miedo y el sentimiento de culpa que habían formado parte de su vida durante tanto tiempo, pero tenía que contarle la verdad. O parte de la verdad.

–Empecé a tomar fármacos cuando tenía cinco años.

Él frunció el ceño de nuevo.

–¿Por qué?

Su evidente escepticismo hizo que lamentase haber sido tan sincera. Aquel hombre jamás sentiría la menor compasión por ella, de modo que fingió una despreocupación que no sentía y volvió a interpretar el papel que su padre había escrito para ella tanto tiempo atrás.

–Tras la muerte de mi madre era imposible controlarme. Cuando cumplí los doce años me diagnosticaron un déficit de atención y estuve tomando fármacos durante años. Me convertí en dependiente... me gustaban las sensaciones que experimentaba.

Luca la miró con gesto de disgusto.

–¿Y tu padre lo permitía?

Serena tragó saliva. No solo lo permitía sino que se aseguraba de que los tomase. Sintiéndose tan frágil como el cristal intentó sonreír, aunque no fue fácil. Tuvo que hacer un esfuerzo para mirarlo.

–Como he dicho, era imposible controlarme. Entonces era muy rebelde.

–¿Por qué estás tan segura de que te has librado de esa adicción? –le preguntó Luca, desdeñoso.

Ella levantó la barbilla.

–Cuando mi hermana y yo nos fuimos de Italia... –no terminó la frase, la vergüenza mezclándose con la rabia–. Cuando todo se hundió nos fuimos a Inglaterra. Ingresé en una clínica de rehabilitación a las afueras de Londres y estuve allí durante un año. Aunque no es asunto tuyo –añadió, pensando que le había contado demasiado.

La expresión de Luca mientras se incorporaba era indescifrable.

–Creo que nuestra historia personal hace que sea asunto mío. Tienes que demostrar que puedo confiar en ti, que no agotarás la energía y los recursos de los que te rodean.

Con las botas puestas, Serena se levantó, apretando los labios.

–Se te da muy bien juzgar a la gente, ¿no? ¿Basas esa afirmación en tu vasto conocimiento sobre los ex-adictos? –le espetó, airada.

Se miraron el uno al otro, en tensión. Y entonces Luca respondió:

–Me baso en una madre alcohólica para quien entrar y salir de las clínicas de rehabilitación es un pasatiempo, por eso creo conocer la mente de un adicto. Y cuando no está luchando contra su adicción al alcohol o a las pastillas está buscando una nueva conquista que financie su estilo de vida.

Serena se sintió enferma. La demostración de lo personal que era su conocimiento parecía arraigada en una amarga experiencia.

–Deberíamos comer algo –murmuró él.

El enfado de Serena se disipó mientras Luca se volvía abruptamente para encender el hornillo cerca de la hoguera. Estaba sorprendida por lo que le había contado y por cuánto le había contado ella sobre sí misma. Aunque no se lo había contado todo.

Era comprensible que hubiese pensado lo peor de ella, pero eso no excusaba su comportamiento. Seguía sintiéndose culpable por haber hecho sufrir a su hermana y no quería pensar en Luca con una madre alcohólica.

De repente, se sentía demasiado vulnerable para

estar en compañía del perceptivo Luca Fonseca y, además, la fatiga se había apoderado de ella.

–No hagas nada para mí, no tengo hambre. Creo que me voy a dormir.

Luca levantó la mirada. Parecía a punto de decir algo, pero debió pensarlo mejor.

–Como quieras.

Serena tomó su mochila y entró en la tienda de campaña, aliviada al ver que era más espaciosa de lo que parecía. Después de quitarse las botas, se tumbó en su saco de dormir y cerró los ojos, agotada.

No quería pensar en el hombre que había puesto su mundo patas arriba en las últimas treinta y seis horas, el hombre que estaba acercándose demasiado al sitio en el que ella tenía guardadas tantas cosas.

Capítulo 4

A LA MAÑANA siguiente, Luca oyó movimiento en la tienda y, de inmediato, su expresión se volvió destemplada. Cuando entró la noche anterior, Serena estaba profundamente dormida, los dorados mechones de pelo alrededor de su cabeza, su respiración pausada.

Y, de nuevo, le pesó en la conciencia que se hubiera ido a dormir sin comer y con los pies doloridos por las botas.

No podía dejar de pensar en lo que le había contado sobre su infancia. Había tomado fármacos desde niña...

La mujer a la que había conocido en Florencia se parecía tan poco a la que parecía ser en ese momento que le resultaba difícil creerlo.

Parecía desafiante cuando le contó que había sido adicta a los fármacos desde los doce años y empezaba a pensar que podría ser cierto. Y, si era así, era terrible. Una cosa era tener una madre con un problema de adicciones, pero una niña...

Siete años antes había dado la impresión de que sabía lo que hacía y disfrutaba de ello, pero algo en ese relato daba vueltas en su cabeza.

¿Estaría contando la verdad?

¿Por qué iba a mentir después de tanto tiempo?, le preguntó una vocecita. Y si nunca había tomado otro tipo de drogas, tal vez era cierto que ella no las había metido en su bolsillo aquella noche. Esa posibilidad cayó en su estómago como una piedra.

En medio del caos que provocó la redada, Serena había tomado su mano. Estaba pálida y lo miraba con los ojos muy abiertos, asustada, vulnerable. Había sido justo antes de que la policía los separase bruscamente para registrarlos.

El recuerdo parecía reírse de él. Siempre había creído que era una mirada de culpabilidad por lo que había hecho, pero si no era así...

Luca recordó su apasionada defensa cuando cuestionó la veracidad de sus palabras...

La entrada de la tienda de campaña se movió y el objeto de sus pensamientos apareció, parpadeando bajo la luz del sol. Y cuando sus ojos se encontraron y sintió que se le encogía el estómago se maldijo a sí mismo por llevarla allí porque eso estaba poniendo preguntas en su cabeza.

Porque quizá era inocente al fin y al cabo.

Ella lo miró con gesto receloso.

–Buenos días.

Su voz, cargada de sueño, despertó una punzada de deseo. Debería estar despeinada y con los ojos hinchados, pero estaba preciosa. Su piel tenía un aspecto tan fresco como si acabara de salir de un spa, no de una rudimentaria tienda de campaña en medio de la selva.

Apartando la mirada, le ofreció una lata con comida rica en proteína.

–Toma, come esto.

Serena tomó la lata y se sentó para comer, intentando no poner cara de asco al ver el nada apetitoso contenido.

De nuevo, Luca tuvo que hacer un esfuerzo para ignorar el sentimiento de culpa al recordar que, gracias al mal ejemplo de su madre, él lo sabía todo sobre el comportamiento inestable de los adictos. Sabía, por ejemplo, que cuando creías que de verdad querían desengancharse hacían justamente lo contrario. Él lo había presenciado de primera mano y nunca lo olvidaría.

Serena levantó la cabeza. Había terminado de comer y Luca se quedó sin aliento ante la intensidad de su mirada.

–Come esto también –dijo con voz ronca, ofreciéndole una barrita de proteínas.

–Pero ya no tengo hambre...

–Da igual, cómelo. Tenemos una larga caminata por delante.

Serena se levantó para tomar la barrita, enfadada consigo misma por haber esperado una especie de tregua. Y también por haberle contado lo que le contó por la noche.

Luca empezó a limpiar el campamento y a guardar las cosas, dispuesto a moverse cuanto antes.

Serena suspiró. Cuando despertó había tardado unos segundos en recordar dónde estaba y con quién. Pero experimentó una sensación exultante al saber que seguían en la selva y que había sobrevivido al primer día sin mostrar debilidad.

Entonces recordó la suavidad de sus manos y lo que había sentido mientras examinaba sus pies. Solo el cansancio extremo había hecho que pudiese dormir compartiendo tan estrecho espacio con él.

Antes de que Luca pudiera ver esa tensión en sus ojos, Serena se ocupó en guardar el saco de dormir y desmontar eficazmente la tienda.

–¿Dónde has aprendido a hacer eso? –le preguntó él con tono de incredulidad.

Serena apenas lo miró.

–Solíamos ir de acampada cuando estaba en rehabilitación. Era parte del programa.

Esperaba que hiciese algún comentario sarcástico, pero no fue así. Serena no había compartido sus experiencias en la clínica de rehabilitación con nadie, ni siquiera con su hermana. Aunque había sido Siena quien lo sacrificó casi todo para cuidar de ella, trabajando sin parar y poniéndose a merced de un hombre al que había traicionado años antes y que quería vengarse de ella.

Contra todo pronóstico, Siena y Andreas se habían enamorado y eran un matrimonio feliz con dos hijos. A veces su felicidad hacía que anhelase encontrar un amor así y se odiaba a sí misma por esa debilidad. Pero era igual con su hermanastro, Rocco, su mujer y sus hijos. Nunca había creído en el amor o en la felicidad conyugal, pero cada vez que los veía empezaba a dudar.

Enseguida terminaron de desmontar la tienda y cuando el campamento estuvo limpio Luca le ofreció su mochila.

–¿Estás lista?

Serena asintió con la cabeza, sin mirarlo. No quería que viese la emoción que sentía al pensar en su familia.

–¿Qué tal tus pies?

–La verdad es que ya no me duelen –respondió ella, sorprendida.

Luca siguió adelante sin decir nada más y Serena intentó no engañarse a sí misma pensando que lo había preguntado porque de verdad estaba preocupado.

A medida que caminaban el calor se volvía sofocante. Cuando se detuvieron frente a un arroyuelo por la tarde, Serena estuvo a punto de llorar de alivio al poder echarse agua fresca en la cara y la cabeza. Mojó un pañuelo y se lo ató alrededor del cuello.

Pero solo fue un breve respiro. Luca aumentó el ritmo de nuevo, sin molestarse en mirar atrás, enfadándola cada vez más. ¿Se daría cuenta si algún animal la arrastraba entre los árboles? Seguramente se encogería de hombros y seguiría adelante.

Después de otra hora caminando el arroyuelo era un recuerdo distante y el sudor corría por su cara, cuello y espalda. Le dolía todo el cuerpo y tenía los pies dormidos. Luca seguía adelante, como una especie de robot, y de repente Serena sintió el deseo de provocarlo, de obligarlo a pararse y mirarla. Quería que reconociese que lo estaba haciendo bien y que estaba diciendo la verdad sobre las drogas.

–¿Estás dispuesto a admitir que podría ser inocente después de todo?

Consiguió lo que quería. Luca se detuvo de golpe y luego, después de un segundo, se volvió lentamente para mirarla con unos ojos tan oscuros que parecían negros.

Parecía infinitamente peligroso y, sin embargo, no tenía miedo. Al contrario, sentía algo ambiguo y ardiente en la pelvis.

–Para ser franco, creo que ya no me importa si lo hiciste o no. El hecho es que conocerte provocó un desastre. Por tu culpa, el incidente apareció en primera página y la gente me creyó culpable porque todos pensaban que tú tomabas drogas y que yo también las tomaba o era tu cómplice. Así que, inocente o no, yo fui castigado por ello.

A Serena se le hizo un nudo en la garganta. De modo que reconocer que era inocente no tenía ninguna importancia para él.

–Nunca me perdonarás, ¿verdad?

Cuando Luca iba a responder, una enorme gota de agua cayó en la cara de Serena, tan grande que la salpicó.

Él levantó la mirada y soltó una palabrota.

–¿Qué? ¿Qué pasa? –preguntó Serena, la tensión reemplazada por el miedo.

–Lluvia. ¡Maldita sea! Había esperado llegar antes al poblado. Tendremos que buscar cobijo. Venga, vamos.

En un segundo, la lluvia se convirtió en un aguacero. Gotas enormes caían desde los árboles, empapándolos. Serena corrió tras él, intentando seguir su paso, pero la cortina de agua hacía imposible ver a un metro de distancia y empezó a asustarse de verdad cuando perdió de vista a Luca. Por suerte, él apareció de repente y tomó su mano.

La lluvia era majestuosa, imponente. Ensordecedora. Pero Serena solo notaba la mano de Luca, que la llevaba entre los árboles hasta una pequeña elevación del terreno. Allí soltó su mano para sacar una lona de la mochila y atarla a una rama, creando un pequeño refugio.

Luca gritó para hacerse oír por encima del estruendo de la lluvia:

–¡Métete debajo!

Serena se quitó la mochila e hizo lo que le pedía. Estaban empapados, con nubes de vapor saliendo de su ropa. Se quedaron sentados unos minutos, respirando agitadamente.

–¿Cuánto durará? –le preguntó por fin.

–Nunca se sabe. En cualquier caso, tendremos que esperar hasta la noche. El poblado está solo a un par de horas de aquí, pero pronto se hará de noche... es demasiado arriesgado.

Al pensar en otra noche en la tienda de campaña con Luca, Serena sintió un aleteo en el vientre.

Él sacó una barrita de proteínas del bolsillo del pantalón.

–Será mejor que comamos esto.

Serena puso la mano, con la palma hacia arriba, y de repente, Luca sujetó su muñeca con el ceño fruncido.

–¿Qué son esas marcas?

Serena intentó apartar la mano, pero él insistió en inspeccionar la red de pequeñas cicatrices blanquecinas que cruzaban la palma.

–Son antiguas –dijo él–. ¿Cuándo te las hiciste?

La rabia de ser interrogada como si hubiera hecho algo malo dejó a Serena sin respiración.

–Tienen veintidós años –respondió, a regañadientes.

–*Deus*. ¿Qué son?

Sus ojos se encontraron entonces y en los de él vio que buscaba la verdad. Aunque Serena ya se había dado cuenta de que era una parte integral de la naturaleza de aquel hombre, la que hacía que viese el mundo en blanco y negro, bueno y malo. Y ella estaba en la categoría de «algo malo».

Pero, por una vez, no quería que fuera así. Estaba agotada y se le encogió el corazón cuando unas imágenes terribles, conocidas solo para ella y para su padre, aparecieron de nuevo en su cerebro. Las imágenes que Lorenzo di Piero había hecho todo lo posible por erradicar.

Desearía poder contarle la verdad para que entendiese que tal vez no todo era blanco o negro. Y, aunque una vocecita le decía que debía protegerse a sí misma, se encontró diciendo:

–Son marcas de una caña de bambú. El castigo favorito de mi padre.

Luca apretó su mano y dijo en voz baja:

–¿Cuántos años tenías?

–Cinco, casi seis años.

–¿Pero cómo es posible...?

Los ojos de Luca se clavaron fieramente en los suyos y Serena aprovechó ese momento de sorpresa para apartar las manos y esconder la permanente mancha de la venganza de su padre.

Podía entender su sorpresa. Su terapeuta también se había quedado sorprendida cuando se lo contó.

–Era un hombre violento. Si hacía algo malo, o si Siena se portaba mal, yo era castigada.

–Pero eras una niña.

Serena hizo una mueca al pensar que su infancia se la había robado algo mucho peor que unas cicatrices en las palmas de las manos.

Entonces notó algo.

–La lluvia... ha dejado de llover.

Luca seguía mirándola como si no la hubiera visto antes y eso la ponía nerviosa.

–Acamparemos aquí –dijo por fin–. Venga, en marcha.

Serena se levantó del suelo, agotada. El calor era bochornoso y todo estaba empapado.

Luca se levantó y, por un momento, se quedó como hipnotizada por la gracia de sus movimientos. Tanto que Luca la pilló mirándolo antes de que pudiese disimular.

–¿Qué ocurre?

Serena respondió lo primero que se le ocurrió:

–Tengo sed.

Luca miró alrededor y, un segundo después, se dirigió a un árbol.

–Ven aquí.

Sin saber qué esperar, Serena obedeció. Luca la empujó suavemente bajo las hojas, el calor de su mano quemándola a través de la tela de la camisa.

–Inclina la cabeza hacia atrás y abre la boca.

El brillo oscuro de sus ojos hizo que se le encogiera el estómago.

–Venga, no te va a morder.

Serena hizo lo que le pedía y cuando Luca volcó una hoja sobre su cara, recibió una cascada del agua más refrescante y deliciosa que había probado en toda su vida. Tuvo que toser suavemente cuando se atragantó, pero necesitaba más y volvió a abrir la boca. El agua rodaba por su cara, refrescándola, liberándola de un calor que no era debido solo a la humedad o la temperatura.

Cuando solo quedaban unas gotas se irguió de nuevo. Luca estaba muy cerca, tanto que solo tendría que dar un paso adelante y estarían tocándose.

Y entonces, como si hubiera leído sus pensamientos y no estuviera interesado, él dio un paso atrás.

–Tenemos que ponernos ropa seca.

Se quitó la camisa y, al ver el ancho torso bronceado, la sombra de vello oscuro que se perdía bajo el cinturón de los pantalones, Serena se quedó inmóvil. No podía respirar. Con el rostro ardiendo de vergüenza, abrió su mochila y se concentró en sacar ropa seca.

Lo último que necesitaba era que Luca Fonseca

jugara con su cabeza. ¿Qué le pasaba? ¿Por qué se sentía tan expuesta, tan vulnerable?

Pero no podía olvidar cómo la había mirado cuando vio sus cicatrices. O el brillo de deseo en sus ojos un momento antes.

Luca estaba desorientado mientras se cambiaba de ropa. *Deus*. Había estado a punto de apoyar a Serena en el tronco del árbol para apoderarse de su boca, celoso de las gotas de lluvia que se escurrían entre sus generosos labios.

¿Y esas cicatrices en las manos? Se había asustado al verlas, pensando que se las había hecho durante la marcha. Y la rabia que sintió cuando le contó quién era el responsable...

Había visto a Lorenzo di Piero un par de veces en eventos sociales y nunca le había caído bien. Tenía unos ojos helados y el aire de superioridad de alguien acostumbrado a conseguir siempre lo que quería.

Saber que había sido violento no le sorprendía. Podía imaginarlo siendo vengativo, malévolo. ¿Pero contra sus propias hijas? ¿Contra la mimada heredera a la que todo el mundo envidiaba?

Sabía que Serena estaba cambiándose a su espalda. Podía oír el suave frufrú de la tela y luego nada, silencio. Intentando convencerse a sí mismo de que era preocupación, pero sabiendo que se trataba de un deseo más profundo, se dio la vuelta.

Estaba de espaldas a él, con las piernas desnudas mientras se quitaba los pantalones, las braguitas altas mostrando unos muslos largos y unos glúteos firmes. Cuando se quitó el sujetador tuvo que controlarse para no lanzarse sobre ella...

Se sentía como un adolescente mirando a una mujer cambiándose en un probador.

El tintineo de la hebilla del cinturón lo sacó del trance y, furioso consigo mismo, se dio la vuelta para ponerse el pantalón. La luz empezaba a desvanecerse rápidamente y estaba tan concentrado en Serena que se arriesgaba a no poder montar el campamento a tiempo.

Pero cuando se dio la vuelta, a punto de ordenar que empezase a moverse, las palabras murieron en sus labios. Para su sorpresa, Serena estaba desenrollando la tienda de campaña, la larga coleta bailando sobre sus hombros.

Estaba perdiendo pie con aquella mujer a toda velocidad.

Serena estaba sentada sobre un tronco, frente a la hoguera, terminando de cenar. Miraba la tienda de campaña y no podía dejar de sentirse orgullosa por haberla montado ella sola. Luca había esperado que saliese corriendo de vuelta a la civilización ante la primera señal de peligro, pero allí estaba; el segundo día y había sobrevivido. Era una sensación emocionante y hacía que disfrutase aún más de su recién descubierta independencia.

Pero nada de eso podía hacerle olvidar su mortificación al pensar en lo cerca que había estado de traicionar su deseo por él.

–¿Y ese tatuaje que tienes en la espalda? –le preguntó Luca.

Serena se quedó muy quieta. Debía haber visto el pequeño tatuaje en el hombro izquierdo cuando estaba cambiándose de ropa. Era algo muy personal para ella y no quería contárselo, pero tampoco podía mentir.

–Es una golondrina.

–¿Y significa algo?

Serena estuvo a punto de soltar una carcajada. Como si fuera a contárselo a él. Seguramente se caería al suelo, muerto de risa.

–Es mi ave favorita. Me lo hice hace años.

El día que salió de la clínica de rehabilitación, para ser exactos.

Las golondrinas representaban la resurrección y el renacimiento... Luca no entendería el significado, pero tenía la sensación de que podría hacerlo y no le gustaba.

De verdad quería evitar más preguntas sobre su vida, de modo que se levantó abruptamente, dejándolo sorprendido.

–Me voy a dormir –anunció con voz ronca.

Luca removió los troncos en la hoguera, sin mirarla.

–Muy bien.

Serena entró en la tienda y se quitó las botas, pero vaciló antes de quitarse la ropa. Era una tontería. Luca no había mostrado ningún deseo por ella y no había nada que temer, de modo que se metió en el saco de dormir en ropa interior, rezando para que llegase el sueño. Así no tendría que lidiar con la realidad de que él dormiría a su lado, probablemente indignado por tener que hacerlo.

Luca intentaba calmarse. No le gustaba que Serena lo sacase de sus casillas. Hacía que la desease, que se hiciera preguntas sobre ella, sorprendiéndolo a cada paso. Había tenido que sufrir el egoísmo de su madre desde pequeño y no quería pensar que podría haberla juzgado mal.

Sus amantes le aportaban alivio físico y una acompañante cuando la necesitaba, pero en su vida no había sitio para el amor y nunca había pensado en sentar la cabeza. Solo pensaba en trabajar para deshacer el daño que habían hecho su padre y su abuelo. Se había impuesto una monumental tarea cuando su padre murió diez años antes: revertir el impacto negativo del apellido Fonseca en Brasil, que hasta entonces era sinónimo de corrupción, avaricia y destrucción.

Las acusaciones habían llegado en el peor momento posible, justo cuando la gente había empezado a confiar en que quizá él fuese diferente y de verdad quisiera un cambio.

Había tardado años en recuperar su confianza y la persona que podría destruir todo su trabajo estaba solo a unos metros de él. Tenía que recordar eso. Recordar quién era y lo que podía hacerle. Aunque fuese inocente, cualquier asociación con ella despertaría especulaciones de nuevo.

Solo cuando pensó que Serena estaría dormida entró en la tienda, haciendo lo posible para no despertarla. No había esperado tener que compartir la tienda de campaña con nadie y menos con Serena de Piero, pero mientras estaba tumbado a su lado tuvo que reconocer que no parecía la chica salvaje y mimada que siempre había descrito la prensa. Ninguna otra mujer, aparte de las que se dedicaban a estudiar el Amazonas, lo hubiera hecho mejor durante los últimos dos días. E incluso algunas de ellas habrían salido corriendo, de vuelta a la seguridad del laboratorio.

La recordó levantando la tienda, mordiéndose la lengua mientras se esforzaba en clavar los palos en el suelo, el sudor rodando por su cuello y desapareciendo en la tentadora uve del escote de la camisa.

Apretando los dientes, Luca suspiró y cerró los

ojos. Había pensado que no aguantaría un día en la selva, pero era él quien necesitaba el orden de la civilización en ese momento; cualquier cosa para diluir el fuego en su sangre y terminar con las preguntas que Serena ponía en su cabeza.

Un par de horas más tarde algo lo despertó. Alerta y tenso de inmediato, aguzó el oído, pensando que el ruido provenía de fuera. Pero era dentro de la tienda. Era Serena, que gemía en sueños.

–Papa... no, per favore, non che.... Siena, aiutami.

Luca tradujo sus palabras: «No, papá, por favor. Siena, ayúdame».

Su voz estaba rota de dolor, de emoción. Y a Luca se le encogió el corazón cuando la oyó llorar.

Por instinto, alargó una mano para tocar su hombro y ella levantó la cabeza.

–Ché cosa?

No sabía por qué, pero que siguiera hablando italiano hizo que se le encogiera más el corazón.

–Estabas soñando –respondió, sintiendo como si hubiera invadido su privacidad.

Serena se puso tan tensa como un palo.

–Siento haberte despertado.

Luca sintió que se apartaba bruscamente, como si estuviera enfadada. Su pelo era como oro bruñido y, de repente, se excitó al imaginarlo cayendo sobre sus pechos desnudos mientras estaba sentada a horcajadas sobre su cuerpo y él se enterraba en ella hasta el fondo.

Furioso por la dirección que habían tomado sus pensamientos, por lo fácil que era para ella meterse dentro de su piel y por cómo se había apartado, casi como si hubiera hecho algo malo, replicó con tono áspero:

–¿Se puede saber qué demonios te pasa?

Ella no respondió y eso lo hirió aún más. Un momento antes había sentido compasión por ella, turbado por sus sollozos, pero el recuerdo de su madre y cómo usaba sus emociones para manipular a todo el mundo hizo que se maldijese a sí mismo por ser tan débil.

–¿Qué pasa, Serena?

–He dicho que lamentaba haberte despertado. No pasa nada.

–Yo creo que sí pasa algo.

Ella se volvió con los ojos brillantes, furiosos.

–Ha sido solo un sueño, una pesadilla que ya he olvidado. ¿Podemos dormir, por favor?

Luca reaccionó visceralmente ante una Serena que estaba prácticamente escupiéndole. Era evidente que no necesitaba su consuelo. Aquella mujer conseguía irritarlo como nadie y en lo único que podía pensar era en cuánto deseaba que se sometiera; cualquier cosa para acallar las contradicciones que ponía en su cabeza.

Sin pensar, tiró de ella y Serena dejó escapar un gemido.

–¿Qué haces?

Pero el tono defensivo había desaparecido.

La oscuridad no podía esconder el brillo de su mirada ni el de su pelo. Y tampoco podía esconder los altos pómulos y los generosos labios.

Y no estaba apartándose.

Luca estaba ardiendo y cuando habló, su voz sonaba ronca, descarnada.

–¿Qué estoy haciendo?

–Yo...

Luca la colocó sobre él y buscó su boca con una

pasión que no podía contener. Sus pechos se hinchaban... ¿de indignación? No lo sabía porque había perdido el control.

Cuando sintió que dejaba de resistirse experimentó una sensación de triunfo. No podía pensar en nada más porque el beso en la oscuridad lo tenía embriagado, enloquecido, recordándole otro momento similar con ella... siete años antes.

Capítulo 5

SERENA seguía atónita al encontrarse en los brazos de Luca, con los labios masculinos abriendo los suyos. Cuando la despertó, había sentido el abrumador deseo de enterrar la cara en su pecho porque los tentáculos de la horrible pesadilla se agarraban a ella como escurridizas ramas.

Pero entonces recordó con quién estaba, quién estaba precipitando esos sentimientos, esa debilidad, ese deseo de buscar consuelo. Luca Fonseca precisamente. Y ese sueño... no lo había tenido en mucho tiempo, desde que salió de la clínica de rehabilitación. Y tenerlo de nuevo, allí, era exasperante. Como si estuviera retrocediendo en lugar de ir hacia delante. Y era culpa de Luca, que la afectaba como nadie.

La indignación hizo que se apartase bruscamente, mortificada al encontrarse sin respiración, sus pechos subiendo y bajando rápidamente contra el muro de acero de su torso, los pezones duros y sensibles.

En su cuerpo y su mente parecían habitar dos personas diferentes. Su cuerpo decía «por favor, no pares» mientras su cabeza gritaba: «para ahora mismo».

–¿Qué ocurre, *minha beleza*?

El tono ronco de Luca despertó todas sus traidoras terminaciones nerviosas.

–¿De verdad crees que es buena idea?

Maldita fuera. Sonaba como si quisiera convencerlo de que lo era, no al contrario.

Sus ojos eran como dos pozos negros y Serena se alegraba de no poder ver su expresión. Había esperado que Luca recuperase el sentido común y se apartase, pero se había acercado aún más para deslizar las manos por su espalda, haciéndola temblar. Era un roce ligero y, sin embargo, parecía quemarla.

–¿Luca?

–¿Sí?

Él deslizó los labios por su cuello y un fuego líquido se extendió por la pelvis de Serena. Maldito fuera.

Tragó saliva, el deseo imponiéndose a los dictados de su cerebro, haciendo que se acercase a ese cuerpo tan duro.

–Lo lamentaremos después.

Luca se apartó un momento y dijo con voz ronca:

–Piensas demasiado.

Y cuando se apoderó de su boca, Serena olvidó todo lo demás. Se ahogaba en la fuerza de sus brazos, en el calor de su boca mientras la obligaba a abrir los labios con la lengua. El beso en la discoteca siete años antes había quedado grabado en su memoria como una marca y era como ser despertada de un largo sueño. Nunca había disfrutado besando a ningún otro hombre... hasta que él la besó. Y volvía a sentir lo mismo.

Apenas se dio cuenta de que Luca estaba desabrochando la cremallera del saco con una mano; solo sabía que estaba con él, sus pechos aplastados contra el ancho torso masculino.

Enredando los dedos en su pelo, Luca la sujetó para saquear su boca con devastadora habilidad, sin darle respiro.

Cuando se apartó un momento Serena abrió los

ojos, respirando pesadamente mientras la tumbaba de espaldas. Tenía un aspecto salvaje, feroz. El mismo aspecto que debían tener los conquistadores portugueses cuando llegaron a aquella tierra.

Cuando colocó un mechón de pelo detrás de su oreja la respiración de Serena se volvió más pesada. Estaba húmeda y deseaba tocarlo, sentir ese torso bajo sus dedos. Inclinó la cabeza y empezó a desabrochar los botones de su camisa, deslizando una mano sobre la densa musculatura.

No pudo contener un suspiro de satisfacción mientras lo exploraba, disfrutando de la dureza de sus músculos. Deslizó los dedos por su torso, rozando un oscuro pezón con la uña... y se le hizo la boca agua. Quería besarlo allí.

La barba incipiente raspaba la delicada piel de su rostro, pero se olvidó de ello cuando introdujo la lengua en su boca, haciendo que se arquease hacia él. Luca empezó a tirar hacia abajo de su chaleco, llevándose también los tirantes del sujetador para desnudar sus pechos.

Cuando levantó la cabeza estaba sin aliento. Frente a ella solo veía un borrón. Podía sentir los dedos de Luca bajo el encaje del sujetador, haciendo deliciosos círculos alrededor de los pezones, tan duros que le dolían. Entonces dio un fuerte tirón para librarse de la prenda y Serena sintió que sus pechos saltaban.

La mirada de Luca era tan ardiente que podía sentirla en su piel desnuda.

–*Perfeito* –murmuró.

Bajó la cabeza y, con exquisita finura, rozó una de las puntas con la lengua, haciendo que contuviese el aliento. Volvió a hacerlo hasta que Serena empezó a mover las caderas hacia delante sin darse cuenta y luego, lentamente, lo metió en su boca para chupar con fuerza.

Ella dejó escapar un grito mientras enredaba los dedos en su pelo. Nunca había sentido nada así. El sexo había sido algo que soportaba, una forma de escape... no algo que disfrutase como estaba disfrutando en aquel momento.

Bajó las manos hacia su pantalón para desabrocharlo. No había ninguna duda, ninguna vacilación. Deseaba aquello con todas sus fuerzas, como nunca había deseado nada. Y Luca tampoco debía tenerlas porque metió una mano bajo sus bragas mientras seguía torturando sus pechos con la boca.

Luca se apartó un momento para mirarla con un brillo casi enfebrecido en los ojos mientras la acariciaba íntimamente, liberando un río de lava. Y ella suspiraba y gemía, levantando las caderas hacia él sin poder evitarlo.

–Me deseas.

Esas palabras se abrieron paso entre la niebla de su cerebro.

Serena se mordió los labios. Temía hablar, temía lo que podría decir en ese momento. Luca seguía torturándola, obligándola a abrir las piernas tanto como era capaz para enterrar un dedo en su húmeda y ardiente cueva.

–Dilo, Serena.

Su tono era fiero, duro, mientras movía el dedo íntimamente dentro de ella. Santo cielo, iba a terminar. Así. En una tienda de campaña, en medio de ninguna aparte, solo porque un hombre estaba tocándola.

Sintiéndose más vulnerable que nunca, intentó cerrar las piernas, pero Luca no se lo permitió. Podía ver la determinación en sus ojos mientras introducía otro dedo, ensanchándola, llenándola. Y ella solo podía gemir mientras apretaba sus hombros con dedos agarrotados.

El canto de su mano ejercía una exquisita presión sobre su clítoris y Serena era incapaz de detener el movimiento de sus caderas, adelante y atrás, buscando aplacar la increíble tensión. Y entonces empezó a mover los dedos rápidamente, hasta el fondo, haciendo que sus músculos internos se cerrasen a su alrededor.

–Admite que me deseas, maldita sea. Estás a punto de terminar. ¡Dilo!

Ella sabía qué la contenía: que Luca pareciese decidido a empujarla por el precipicio mientras él parecía mantener la cabeza fría. Porque sospechaba que solo quería demostrar que la tenía dominada.

Pero no podía evitarlo. Necesitaba aquello, lo necesitaba demasiado.

–Te deseo –confesó por fin, mientras su cuerpo se apretaba contra la perversa mano–. Te deseo... maldito seas.

Y después de pronunciar esas palabras se puso tan tensa como la cuerda de un arco y la explosión de un placer indescriptible sacudió todo su cuerpo, haciendo que se rompiese en mil pedazos.

Había tenido orgasmos antes, pero nunca así. Con tal intensidad, perdiéndose a sí misma en el proceso.

El cerebro de Luca se había convertido en un pozo de deseo. Deseaba enterrarse en ella para aliviar aquel infierno, pero algo evitaba que reemplazase los dedos con su miembro, dolorosamente erguido. En algún momento se había dado cuenta de que necesitaba a aquella mujer de un modo que sobrepasaba todo lo conocido por él.

Y necesitaba saber que ella sentía lo mismo. Hacer

que lo admitiese, hacer que tuviese un orgasmo, se había convertido en una especie de batalla de voluntades. Ella lo confundía desde que apareció en su despacho unos días antes y, por primera vez, sentía que había recuperado parte del control haciendo que Serena perdiese el suyo.

Pero cuando apartó la mano y el cuerpo de Serena reaccionó con una convulsión, le pareció un triunfo vacío. Se apartó, furioso consigo mismo por su falta de control y volvió a ponerse la camisa.

Serena estaba arreglándose la ropa y cuando vio que le temblaban las manos tuvo que contener un rugido. ¿Dónde estaba la joven inconsciente y segura de sí misma que recordaba? No se parecía nada a aquella mujer increíblemente tímida.

Luca se tumbó, intentando controlar el ardor de su sangre, maldiciendo el momento en el que puso sus ojos en Serena de Piero. Ella estaba inmóvil a su lado e incluso eso lo ponía nervioso.

Por fin, Serena empezó a decir:

–No has...

No terminó la frase, pero él sabía lo que había querido decir y su vacilación lo desconcertó. Había odiado a aquella mujer durante tanto tiempo por poner su vida patas arriba y, de repente, le mostraba una faceta diferente de su camaleónica personalidad. Solo sentía que llevaba el control cuando ella se rendía, aunque evidentemente odiaba hacerlo.

La tendría, del todo. En su cama. En sus términos. Destaparía esa timidez por el engaño que era.

Y después, cuando la hubiera hecho suya, cuando se hubiera librado de aquel deseo abrumador, podría alejarse para siempre.

Una cosa era segura: la había deseado desde el

momento que la conoció y su antipatía por ella después de lo que pasó no había logrado calmar ese deseo. Si no la hacía suya, su recuerdo lo perseguiría para siempre y ninguna mujer, por bella que fuera, había conseguido eso.

Se apoyó en un codo para mirarla y, al ver el brillo de sus ojos y sus labios hinchados, tuvo que contener el deseo de tomarla allí mismo. Él era un hombre civilizado. Había pasado años convenciendo a la gente de que no era un borracho como su madre o un corrupto como su padre.

–No, no lo he hecho.

–¿Por qué no? –preguntó ella frunciendo el ceño.

–¿Por qué no te he hecho el amor? Porque no llevo preservativos. Y cuando hagamos el amor será en un sitio más cómodo.

Notó que ella se ponía tensa.

–No estés tan seguro de que quiero hacer el amor contigo.

Luca esbozó una sonrisa.

–*Minha beleza*, no intentes hacerme creer que te habrías apartado. He sentido la respuesta de tu cuerpo y sé que no miente. Aunque no te guste –murmuró, rozando sus labios con un dedo–. No malgastes saliva. A pesar de esa actuación eres mía y lo sabes.

Ella apartó su mano con un golpe seco.

–Vete al infierno.

Luca sabía que estaba diciendo la verdad, pero no llevaba preservativos y si volvía a tocarla no sería capaz de parar.

De modo que se tumbó y cerró los ojos, murmurando:

–Pero te llevaré conmigo, princesa.

Sentir que Serena echaba humo a su lado lo hizo

sonreír. Estaba más decidido que nunca a hacer que perdiese el control.

Sería suya.

Al día siguiente, mientras se abrían paso por la selva, Serena iba rumiando la humillación y el odio que sentía por Luca. Fulminaba su espalda con los ojos y visualizaba mentalmente a un jaguar saltando de entre la vegetación para devorarlo.

No podía dejar de recordar cómo había capitulado ante Luca la noche anterior. Cómo había jugado con su cuerpo como si fuera un virtuoso del violín, cómo la había hecho perder la cabeza mientras él mantenía el control.

Sus palabras se burlaban de ella.

«A pesar de esa actuación eres mía y lo sabes».

Le daban ganas de ponerse a gritar. Desgraciadamente, no había sido una actuación; una ironía considerando que durante casi toda su vida había perfeccionado el papel de heredera rica y mimada por deseo y orden de su padre.

Pero lo que había pasado la noche anterior la aterrorizaba.

Siempre había habido una separación entre ella y el mundo que la rodeaba y seguía intentando acostumbrarse a perder esa protección. Su primer momento de libertad, cuando su padre desapareció y se quedaron sin nada, la envió a una espiral de frenesí hedonista del que podría no haber salido con vida. Por suerte, su hermana la salvó llevándola a la clínica de rehabilitación en Inglaterra.

Desde entonces había aprendido a lidiar con la libertad, a no soportar el constante peso de la presencia de su padre. Su trabajo, ser independiente, era todo parte del proceso. Aunque siguiera teniendo profundos secretos y un gran sentimiento de culpa.

Pero cuando Luca la había tocado por la noche, haciéndola responder a sus caricias, la sensación de libertad le había parecido muy frágil. Porque también había tocado una parte a la que ella aún no había dado espacio: sus emociones. Su anhelo por lo que tenía su hermana, una vida familiar, feliz.

Y el hecho de que Luca hubiera sacado eso a la superficie la desquiciaba. Solo era una nueva conquista para él, una mujer que lo había traicionado y con la que solo quería saciar su deseo. Una mujer que no le gustaba, aunque tal vez pudiese reconocer que era inocente.

Había sabido eso la noche que se conocieron. Había un brillo de desdén en sus ojos que Luca no intentó disimular, aunque también veía un brillo de deseo.

Y, sin embargo, maldito fuera, desde que entró en su despacho dos días antes, era como si todo fuera más intenso.

Perdida en sus pensamientos, Serena chocó contra la espalda de Luca cuando él se detuvo de golpe. Dio un paso atrás, molesta, y entonces notó que estaban en un risco, frente a un enorme claro en la vegetación. Salir del opresivo follaje fue un alivio.

Ignorando a Luca, Serena estudió el paisaje. A lo lejos podía ver la tierra que había sido destripada. Literalmente. Habían cortado enormes trozos de selva. No había árboles, pero sí varias máquinas se movían de un lado a otro bajo el inclemente sol.

Experimentando una inesperada emoción al ver la selva devastada le preguntó:

–¿Esa es la mina?

Él asintió con la cabeza.

–Ese es el legado de mi familia.

Y luego señaló unas manchas marrones a lo lejos.

–Ese es el poblado de los Iruwaya.

Serena vio un grupo de cabañas en medio de un claro. Pero también algo que llamó poderosamente su atención: una carretera que llevaba al poblado y un autobús con bultos y cajas de gallinas colgando precariamente del techo.

–El poblado no está aislado –dijo con tono acusador.

–Nunca dije que estuviese totalmente aislado –respondió Luca.

Ella dio un paso atrás, atónita.

–¿Entonces por qué demonios hemos venido caminando por la selva? No me habías dicho que hubiera un autobús.

–No te ofrecí esa opción, es verdad.

–Dios mío. Lo has hecho para asustarme, para que me fuera. Y tontamente pensé...

Sacudió la cabeza, enfadada. Su estúpida sensación de triunfo por haber levantado la tienda de campaña parecía burlarse de ella. Sabía que Luca la odiaba, que quería castigarla, pero no se le había ocurrido pensar que hubiera otra forma de llegar al poblado.

Durante todo ese tiempo Luca debía haber alternado entre reírse de ella y maldecirla por mostrarse tan decidida. Y luego divirtiéndose al haber demostrado cuánto lo deseaba.

Luca se pasó una mano por el pelo, suspirando.

–Así era como pensaba venir al poblado, pero creí que te rendirías enseguida.

–Eres un canalla, Luca Fonseca.

Encolerizada, Serena dio un paso adelante, sin mirar dónde pisaba...

Acabó en el suelo, sin aliento, antes de darse cuenta de que había tropezado con algo. Pero el suelo no era de tierra... era negro y estaba moviéndose.

Asustada, se había levantado de un salto cuando Luca llegó a su lado para tomarla del brazo.

–¿Estás bien?

Furiosa con él, Serena se apartó de un tirón.

–Claro que estoy bien.

Mascullando una palabrota, Luca la apartó del sitio en el que había tropezado y rasgó su camisa mientras Serena intentaba entender lo que estaba pasando. Pero entonces sintió un dolor insoportable en dos sitios: el brazo y la pierna. Un dolor tan potente que le hizo gritar.

–¿Dónde te duele?

–El brazo... la pierna –consiguió decir con voz entrecortada.

Apenas notaba que Luca estaba inspeccionando sus brazos, sus manos, y luego bajando el pantalón para inspeccionar sus piernas mientras murmuraba palabrotas.

Serena bajó la mirada. Hormigas. Solo eran hormigas. No era una serpiente o una tarántula.

–Estoy bien... no ha sido nada.

Pero sentía náuseas y el dolor era tan insoportable que la hacía temblar. Luca había vuelto a subirle el pantalón, pero cuando intentó dar un paso se le doblaron las piernas. De repente, sintió que la tomaba en brazos. Quería ordenarle que la dejase en el suelo, pero no era capaz de pronunciar una palabra.

Y entonces todo se volvió negro.

–¿Serena?

Una voz penetró la gruesa manta de oscuridad en la que parecía estar envuelta. Y había algo en esa voz que la irritaba.

–¿Me oyes?

¿Qué? –Serena intentó abrir los ojos y tuvo que volver a cerrarlos un momento, cegada por la luz. Luego comprobó que estaba en una rudimentaria cabaña, tumbada sobre algo muy suave. Y el terrible dolor había desaparecido.

–Bienvenida.

Esa voz. Profunda e infinitamente memorable. Y no en el buen sentido.

Entonces lo recordó todo.

Giró la cabeza para ver a Luca sentado en la cama, mirándola con una sonrisa en los labios.

–¿Qué ha pasado? –le preguntó.

La sonrisa de Luca desapareció. Debió ser un truco de la luz, pero Serena podría haber jurado que palidecía ligeramente.

–Has sufrido una picadura.

Serena recordó que el suelo se había movido bajo sus manos y sintió un escalofrío.

–Pero solo eran hormigas. ¿Cómo han podido hacerme esto?

–Eran hormigas bala.

–¿Y qué significa eso?

–Su picadura es más dolorosa que la de cualquier otro insecto, como el dolor de una bala. A mí me han picado un par de veces y sé lo que es.

Serena hizo una mueca.

–Pero me desmayé como una tonta.

–Que quisieras caminar deja claro que eres capaz de soportar el dolor mejor que mucha gente.

Ella levantó un brazo. Tenía una manchita roja,

nada más. ¿Tanto dolor y solo tenía una manchita roja? Casi le parecía un engaño.

–Espera un momento, ¿tú me has traído hasta aquí?

–Sí, claro. ¿Quién si no?

En ese momento oyó un ruido y cuando levantó la mirada vio un grupo de caritas curiosas asomadas a la puerta. Él les dijo algo en portugués y los niños desaparecieron, riendo y charloteando.

–Están fascinados por la gringa de pelo rubio que llegó inconsciente al poblado hace unas horas.

Sintiéndose un poco avergonzada, Serena intentó sentarse en la cama.

–Quédate aquí –le ordenó él–. Estás débil y deshidratada, así que no vas a ir a ningún sitio. Tienes que comer y beber mucha agua.

Como por arte de magia, unas sonrientes mujeres aparecieron en ese momento con una bandeja hecha de caña.

–Tengo que ir a las minas, pero volveré más tarde. Las mujeres del poblado cuidarán de ti.

–Pero se supone que debo tomar notas...

–No te preocupes por eso. Ya habrá tiempo mañana, antes de irnos.

«Antes de irnos».

Serena experimentó un traidor escalofrío de anticipación al pensar en lo que pasaría cuando se fueran de aquel sitio.

A la mañana siguiente, Luca intentaba no mirar a Serena, sentada al final de una larga mesa en la cabaña donde comían todos, con el tradicional vestido del poblado que, seguramente, le habría prestado alguna de las mujeres. Era muy sencillo, pero lo llevaba con tal gracia que parecía un vestido de alta costura.

Una niña estaba sentada sobre sus rodillas, mirándola con los ojos como platos. Había estado llorando unos minutos antes y Serena la había tomado en brazos como si fuera su madre.

Estaba tomando el desayuno, un caldo hecho de mandioca, como si fuera el mejor caviar. Y mientras lo compartía con la niña no podría parecer más inocente y pura.

Luca recordó el pánico que había sentido el día anterior, cuando Serena se desmayó después de la picadura. Debía reconocer que había sido muy valiente. Pero, aunque sabía que estaba siendo totalmente irracional, no podía dejar de enfadarse con ella por no comportarse como había esperado que lo hiciera.

Sus ojos se encontraron entonces y vio que se ruborizaba. ¿De deseo o de ira? ¿O era una mezcla de los dos, como le pasaba a él? De repente, la respuesta ya no era importante. Quién era, lo que había hecho. O no hecho. La deseaba, pero le haría pagar por haber puesto su vida patas arriba, no una sola vez sino dos veces.

Decidido, se levantó y dijo con tono seco:

–Nos iremos a las minas en diez minutos.

No le gustó lo que sintió al ver cómo apretaba a la niña. No le gustó experimentar una emoción que no había imaginado sentir en su vida.

–Estaré lista.

Luca se marchó antes de hacer alguna estupidez, como pedir un helicóptero para devolverla a Río y extinguir así el deseo que hacía arder su sangre cada vez que la miraba.

Capítulo 6

UNAS horas después, Serena había vuelto a ponerse su ropa, ahora limpia, y estaba sentada al lado de Luca en la cabaña del jefe de la tribu. Él seguía enfadado y la miraba como si estuviera acusándola de algo. Sus sospechas se vieron reforzadas cuando dijo con tono acusador mientras iban a las minas:

–Antes te has portado muy bien con esa niña.

–Tengo un sobrino de su edad y le quiero mucho.

En realidad, era su punto débil. Desde el momento que tuvo al hijo de Siena en brazos había formado un lazo con el niño y su reloj biológico había empezado a llamarle la atención. Pero no iba a contárselo a Luca.

Nunca hasta ese momento había pensado en la posibilidad de una idílica vida familiar y seguía sorprendiéndole cuánto lo deseaba.

Apenas había pegado ojo en la cabaña porque echaba de menos la presencia de Luca, pero intentó concentrarse en lo que tenía que hacer: tomar notas.

Esa mañana había visto lo diplomático que podía ser, intentando refrenar el miedo de los mineros a perder su trabajo mientras llevaba la mina al siglo XXI, minimizando los daños al entorno. Era algo muy difícil de hacer.

Cuando se mostraba diplomático era irresistible. Serena veía al seductor que podría ser... si le gustase.

Pensar eso hizo que su estómago diese un vuelco alarmante.

–¿Lo has copiado? –le preguntó él.

–¿Las ideas para promover el crecimiento de la economía local?

–Sí.

–Por supuesto. ¿Pero puedo hacer una sugerencia?

Luca enarcó las cejas en un gesto burlón y Serena tuvo que contener el deseo de darle una patada.

–Los vestidos que hacen las mujeres del poblado son muy originales. Y los muñequitos de madera que hacen los niños me parecen preciosos. Sé que los poblados organizan ferias para intercambiar productos... ¿pero y si abriésemos un espacio en Río, o en Manaos, tiendas solidarias para vender esas cosas al resto de la población brasileña? El dinero volvería directamente a la gente de los poblados.

–No es una idea muy novedosa –respondió Luca con frialdad.

Pero Serena se negaba a dejarse intimidar.

–¿Si no es un concepto novedoso por qué nadie ha hecho nada al respecto? –lo desafió–. No estoy hablando de una tiendecita sino de un mercado que atraería a turistas y compradores. Algo que, además, recordaría a la gente lo importante que es la conservación de la Amazonía.

Luca se quedó callado un momento y luego se volvió para hablar con el jefe. El rostro arrugado del hombre se iluminó con una sonrisa.

–Lo estudiaremos cuando estemos de vuelta en Río –dijo luego, con un brillo conciliador en los ojos.

Serena dejó escapar el aliento que había estado conteniendo y tuvo que hacer un esfuerzo para concentrarse cuando la conversación se reanudó. Por fin, cuando la reunión terminó el anciano se levantó con sorprendente agilidad para tomar la mano de Serena y sacudirla vigorosamente.

Cuando salieron de la cabaña un jeep se acercaba por el camino y Luca miró su reloj.

–Ha venido para llevarnos al aeródromo. Tenemos que guardar nuestras cosas.

–¿Tan pronto?

Los ojos de Luca brillaron de un modo indefinible.

–Pensé que estabas deseando volver a la civilización.

–Y así es –respondió ella, evitando su mirada. Pero no era cierto del todo. Esos días en la selva, en aquel sitio alejado del mundo, habían tocado algo dentro de ella y lo echaría de menos–. ¿Vas a darme una oportunidad o no? Creo que la merezco y no quiero volver a casa todavía.

El jeep se acercaba cada vez más y Serena contuvo el aliento. Luca dio un paso hacia ella, sus anchos hombros bloqueando el jeep, el poblado y todo lo demás. Todo lo que no fuera él.

–No tengo intención de dejar que vuelvas a tu casa.

No le gustaba cómo reaccionaba su cuerpo ante tan implacable afirmación.

–¿Estoy en periodo de prueba?

–Algo así. He dicho que te deseo, Serena. Y es verdad, en mi cama.

La enfadó tal arrogancia, aunque su pulso se aceleró traidoramente.

–No estoy interesada en ser tu nueva amante, Fonseca. Estoy interesada en el trabajo.

Luca hizo una mueca.

–Tendrás un periodo de prueba de dos semanas. Dos semanas trabajando de día en la fundación y dos semanas en mi cama por las noches.

Serena apretó los puños, odiando el traidor chisporroteo de su sangre. ¿No tenía amor propio?

–Eso es un chantaje.

Luca se encogió de hombros, como si no le importase.

–Llámalo como quieras, pero solo así tendrás un periodo de prueba.

–¿Y tu preciosa reputación? Si nos vieran juntos...

Luca se acercó un poco más. Las palabras de Serena habían tocado algo en su interior. ¿Qué estaba haciendo?, se preguntó. Lo único que sabía era que las cosas que habían sido de suprema importancia para él ya no le parecían tan importantes. Solo existían el «allí» y el «ahora» con aquella mujer. Y el deseo.

Sin embargo, no perdía de vista lo que lo había empujado durante todos esos años y era lo bastante cínico como para reconocer una oportunidad. Aparecer en público con Serena de Piero sería noticia y eso significaba poder publicitar las cosas que más le importaban. Como su fundación.

–Tengo intención de que nos vean juntos. Me he dado cuenta de que siete años es como siete vidas en el mundo de los medios de comunicación. Tú ya no eres noticia y si alguien quiere inventar una historia... no me importa que te vean a mi lado.

–Ah, gracias –dijo ella, irónica.

–Podrías estar intentando compensar tu degenerado pasado trabajando para mi fundación. A todo el mundo le gustan las historias de redención y, además, yo consigo lo que quiero, a ti. Estás en deuda conmigo, Serena. No pensarías que iba a darte un periodo de prueba sin obtener una recompensa, ¿verdad?

Ella lo miró, perpleja. Debería darle una bofetada

y tomar el autobús de vuelta a Manaos. Tal vez eso era lo que Luca quería, empujarla, provocarla para que se fuera. Porque seguro que tenía una larga lista de amantes en Río.

Pero eso solo consiguió despertar algo oscuro en su corazón: celos.

–Nos iremos en quince minutos –dijo Luca.

Y luego se dio la vuelta sin decir una palabra más.

Mientras guardaba sus cosas en la mochila unos minutos después, Serena alternaba entre el anhelo de darle la bofetada que tanto merecía y recordar lo que había sentido cuando la besó.

Nunca había disfrutado del sexo; era algo que había hecho para olvidar y que, invariablemente, terminaba en decepción y en una terrible sensación de disgusto consigo misma.

Pero Luca... era como si pudiera ver dentro de su alma, la parte de ella que seguía siendo inocente, la que no estaba manchada por lo que había visto y experimentado de niña.

–¿Señorita De Piero?

Ella se dio la vuelta y vio a un joven en la puerta de la cabaña.

–El señor Fonseca está esperando en el jeep.

–Iré enseguida.

Podía volver a casa, olvidar el trabajo en la fundación y empezar de nuevo. Aceptar la derrota. O, si se atrevía a admitir que deseaba a Luca, podría ser tan estratega como él.

Pero si iba a someterse a sus arrogantes demandas sería en sus términos y también conseguiría algo.

Luca miró a Serena, sentada al otro lado del pasillo. Estaba mirando por la ventanilla, de modo que no podía ver su expresión, pero sabía que sería tan glacial como cuando subió al jeep. Habían hecho el viaje hasta el aeródromo privado en completo silencio.

En aquella ocasión él no pilotaba la avioneta. Su intención había sido trabajar en su ordenador, pero por primera vez en su vida no era capaz de concentrarse.

Solo podía pensar en Serena, preguntándose qué significaba su silencio. Sabía que lo merecía y le sorprendía que no le hubiese dado una bofetada en el poblado. Había visto en su expresión que quería hacerlo.

Jamás se había portado como un canalla con una mujer. Si quería a una mujer la seducía para llevársela a la cama y nunca daba la impresión de querer algo más.

Pero era Serena de Piero. Desde el momento que la vio había estado aturdido y los últimos días le habían demostrado que era una mujer diferente a la que conoció siete años antes. Y, sin embargo ¿no había visto algo de esa mujer en la discoteca? No quería admitir que había visto un brillo de vulnerabilidad en sus ojos aquella noche.

Se sentía como un canalla. Prácticamente la había chantajeado. No era tan falso como para no reconocer que lo había hecho para tenerla donde quería, sin decirle cuánto necesitaba saciar su deseo, cuánto la necesitaba.

Abrió la boca para decir algo, pero esos ardientes ojos azules lo dejaron sin habla. Parecía absolutamente decidida.

–He estado pensando en tu... proposición.

Luca hizo una mueca. Nunca hubiera imaginado que sería tan diplomática cuando él había sido tan canalla.

–Serena...

Ella levantó una mano.

–No, déjame hablar.

A Luca no le gustó la punzada de pánico que sintió al pensar que Serena podría irse y no volvería a verla nunca.

–Si acepto quedarme a prueba durante dos semanas... si lo hago bien y demuestro estar capacitada... –Serena hizo una pausa, el rubor cubriendo sus mejillas–. Quiero saber que me darás el trabajo, sea aquí o en Atenas. Quiero un contrato firmado. ¿De acuerdo?

El alivio que inundó a Luca era inquietante. Se sentía culpable, pero estaba demasiado distraído como para lidiar con su conciencia.

–Ven aquí y te lo diré –respondió, ofreciéndole su mano.

Vio que ella se mordía los labios, insegura. Pero después de unos segundos desabrochó el cinturón de seguridad y se levantó del asiento. En cuanto estuvo cerca, Luca tiró de su muñeca y la sentó sobre sus rodillas.

–¿Qué haces?

Sin poder evitarlo, él buscó su boca. Sería suya. No iba a marcharse.

Serena le echó los brazos al cuello después de resistirse durante todo un segundo. Y cuando deslizó la lengua entre sus labios y ella suspiró podría haber gritado de triunfo.

Antes de perder la cabeza por completo se apartó, intentando llevar oxígeno a sus pulmones.

–Tendrás un puesto de trabajo –dijo acariciando su barbilla.

Serena respiró profundamente y el roce de sus pechos intensificó la presión en su entrepierna.

–Quiero un contrato firmado para saber que cumplirás tu palabra.

–¿No confías en mí? –respondió él, indignado. No confiaba en ella, pero no había pensado que pudiera ser al revés.

Serena apretó los labios.

–Una promesa firmada o me iré en cuanto lleguemos a Río.

La sensación de triunfo desapareció. Querría advertirle que ninguna mujer le decía lo que tenía que hacer... pero no podía. El beso no era suficiente. Aún no.

–Muy bien, de acuerdo –asintió por fin.

Serena estaba admirando la fabulosa vista de Río de Janeiro desde las ventanas del ático, en la última planta del edificio al que había acudido el primer día para entrevistarse con él.

–¿Este es tu apartamento? –le preguntó, volviéndose para mirarlo.

Luca, que estaba observándola atentamente, asintió con la cabeza.

–Sí, pero solo lo uso si tengo que trabajar hasta muy tarde o para entretener a algún cliente importante.

¿O para entretener a una amante?

De repente, no se sentía tan segura como en la avioneta, cuando la sentó sobre sus rodillas para besarla. Sus dudas e inseguridades habían vuelto. Luca la afectaba demasiado.

–No puedo quedarme aquí. No me parece apropiado.

Él soltó un poco elegante bufido.

–¿Eso lo dice una mujer que fue fotografiada en ropa interior en un exclusivo hotel de París? ¿La que apareció medio desnuda en una bañera llena de champán?

Serena se puso colorada al recordar la malévola sonrisa de su padre e incluso su más malévolo tono de voz: «Buena chica. No queremos que la gente piense que te has vuelto aburrida, ¿verdad?».

Nerviosa, decidió ignorar la indirecta.

–¿Y el apartamento en el que iba a alojarme, el que está reservado para los empleados?

–Ya no está disponible, otra persona ha ocupado tu sitio.

–Pero eso no es culpa mía, ¿no?

Luca apretó el mentón.

–Si insistes, la fundación tendrá que incurrir en nuevos gastos para buscarte un apartamento.

–No, eso no, pero es que...

Él la interrumpió bruscamente:

–Te quedarás aquí. Estoy seguro de que puedes aguantarme dos semanas más.

Aquello era lo que Serena había temido. Luca hacía que sus emociones y su presión arterial se pusieran por las nubes.

Él la miraba con los ojos guiñados. Parecía nerviosa. Nada que ver con la mujer que se había derretido entre sus brazos poco antes.

–¿Qué te pasa?

Estaba enfadada, era evidente.

–He aceptado acostarme contigo para conseguir un puesto de trabajo. ¿Cómo crees que me siento?

–Aún no te has acostado conmigo –le recordó él. Pero al verla tragar saliva se sintió como un gusano–. Sé que me he portado como un canalla. Lo mínimo que mereces es un periodo de prueba después de soportar estos días en la selva... y te lo habría dado de todas formas.

Ella lo miró, sorprendida.

–¿De verdad? ¿Y el trabajo?

–Eso depende de lo que pase durante el periodo de prueba, como para cualquier otro empleado –respondió él, poniendo las manos sobre sus brazos–. Y no vas a acostarte conmigo para conseguir un trabajo. Vas a acostarte conmigo porque es lo que quieres. Lo que los dos queremos.

–¿Cómo lo sabes?

–La puerta está ahí. Puedes irte si quieres y seguirás teniendo el periodo de prueba.

Cuando ella no respondió Luca recordó el primer día, cuando le dijo que la puerta estaba ahí para que se fuera. Pero en ese momento llamaría a un ejército si intentaba marcharse.

Tenía que hacer un esfuerzo para no apretar sus brazos, como si así pudiese impedir que se fuera. Podía verla tragar saliva, con los ojos muy abiertos, las pupilas dilatadas, los labios entreabiertos.

Haciendo un esfuerzo, apartó la mirada de esos labios tentadores. Necesitaba que se quedase, pero no sabía por qué.

–Serena...

–Solo quiero una oportunidad.

–¿Y qué más?

–Tú sabes que te deseo. En la tienda de campaña... hiciste que lo demostrase. Me humillaste –respondió ella con amargura.

Algo se encogió en el pecho de Luca. Era como si alguien le estuviese quitando una capa de piel cuando admitió:

–¿Tú sabes cuánto me costó parar esa noche?

Los ojos azules se clavaron en los suyos.

–Solo querías demostrar que me tenías dominada –susurró Serena.

Luca levantó su barbilla con un dedo. Sonreía, pero era una sonrisa tensa.

–Necesitaba oírte decir que me deseabas porque tú me haces perder el control.

–Tu deseo de llevar siempre el control... casi da miedo –dijo ella entonces.

Luca apretó los dientes. Nadie le había dicho eso antes, y menos una mujer. La mirada de Serena lo hacía sentir como cuando era niño y veía cómo sus padres se destrozaban el uno al otro. Sabía que su afán de control y respetabilidad provenía de esos caóticos y tumultuosos momentos. Allí estaba, a punto de perderlo todo otra vez. Y, sin embargo, no podía apartarse.

–Si te besara ahora mismo sabrías que estoy a punto de perder ese control.

Algo ardiente brilló en los ojos azules, pero no la tomaría en ese momento, así, después de estar caminando por la selva durante días, cuando los dos estaban mareados de cansancio.

Fue lo más difícil del mundo, pero dio un paso atrás.

–Tengo mucho trabajo que hacer y seguro que tú estás deseando dormir en una cama. Mi ayudante vendrá por la mañana para llevarte a la oficina y por la noche iremos juntos a un evento benéfico.

El corazón de Serena palpitó con una mezcla de alivio y decepción. ¿No iba a quedarse con ella? Se sentía avergonzada por no ser lo bastante fuerte como para marcharse. Una parte de ella quería explorar lo que aquel hombre le ofrecía, casi más de lo que quería demostrar su independencia.

Había dedicado los últimos tres años y medio a encontrar y nutrir esa fuerza interna que no creía poseer, pero Luca la hacía sentir débil y eso la asustaba. Aunque no lo suficiente como para alejarse de él. Maldito fuera.

–Muy bien.

Luca se quedó callado un momento y luego dijo en voz baja:

–*Boa noite*, Serena. *Até amanha.*

«Hasta mañana».

Se dio la vuelta y el moderno apartamento le pareció cavernoso sin él. Solo habían pasado cuatro días juntos, pero le parecía una eternidad y tuvo que contener el deseo de salir corriendo.

Pero su decisión de quedarse no tenía nada que ver con un pensamiento racional. Eso se había ido por la ventana en cuanto Luca la había sentado sobre sus rodillas en la avioneta y la había besado hasta dejarla sin aliento.

Las dudas y los miedos se derretían. No iba a ir a ningún sitio. No podía hacerlo.

En cuanto pudo sentarse, la fatiga y el agotamiento la golpearon como un tren de mercancías. Además, tenía agua caliente a su disposición y podía darse una ducha por fin.

Intentando no pensar en Luca, y en lo que la esperaba en el futuro inmediato, se dio la más larga y deliciosa ducha de toda su vida. Luego cayó sobre una cama blandita y, un segundo después, estaba profundamente dormida.

Luca estaba frente a la ventana de su despacho, un piso por debajo de su ático, hablando por el móvil. La ciudad de Río era una alfombra de luces titilantes hasta donde llegaba la vista.

–Digamos que tengo mis dudas sobre si lo hizo o no lo hizo y te agradecería que lo averiguases –estaba diciendo con voz tensa–. Mira, Max, si es un problema para ti... Muy bien, te lo agradecería mucho.

Cortó la comunicación y tiró el móvil sobre la mesa, pero rebotó y acabó cayendo sobre la alfombra. Sin darse cuenta, Luca siguió mirando la ciudad a sus pies.

Cualquier conversación con su hermano hacía que le subiera la presión arterial. Sabía que Max no lo culpaba a él por su separación, pero Luca se sentía culpable. Él era el mellizo mayor y siempre se había sentido responsable...

Odiaba admitirlo, pero estaba alterado. Como si algún tipo de magia hubiese tenido lugar en su cabeza y su cuerpo desde que miró por última vez desde esa ventana, antes de que Serena apareciese de nuevo en su vida.

Hizo una mueca ante tan extravagantes pensamientos. No había magia de ninguna clase. Era atracción física, pura y simple. Había estado entre ellos desde la primera vez que se vieron y necesitaba ser saciada, nada más.

Que estuviera dispuesto a ofrecerle un empleo en su compañía y a ser visto con ella en público eran cosas en las que no quería pensar por el momento.

Se concentró en cambio en la creciente anticipación en su sangre y en la convicción de que pronto ese deseo sería saciado.

Capítulo 7

AL DÍA siguiente, Serena esperaba en la terraza que rodeaba todo el apartamento, con una bola de nervios en el estómago. El cansancio de la noche anterior y el ajetreo del día la habían hecho olvidar que esa noche acudiría con Luca a una cena benéfica.

Había despertado temprano y estaba desayunando cuando su ayudante, Laura, apareció con un esbozo de sonrisa para variar. En la mano llevaba un montón de papeles; el contrato que le aseguraba un puesto de trabajo si completaba con éxito el periodo de prueba. El contrato que ella había exigido.

Afortunadamente, no había mención del lado más personal del acuerdo, por supuesto.

Después de firmar, Laura la había llevado a la primera planta, donde estaban las oficinas de la fundación, para presentarle a sus compañeros. Serena había pasado un día agradable con los amistosos brasileños, tan pacientes con su rudimentario portugués que casi había olvidado lo que la esperaba por la noche.

Pero ya no podía seguir ignorándolo porque cuando volvió al apartamento encontró a un grupo de peluqueros y maquilladores esperando para transformarla. Se sentía como un objeto a punto de ser exhibido.

El vestuario de diseño que apareció poco después

le devolvió recuerdos de su antigua vida... cuando su padre insistía en que sus hijas llevasen los vestidos más caros para llamar la atención.

Pensar en la noche que la esperaba la hacía sudar. En aquel momento preferiría una selva llena de escorpiones, serpientes y hormigas bala, e incluso a un furioso Luca Fonseca antes que la jungla social en la que estaba a punto de adentrarse.

Pero entonces levantó la barbilla en un gesto orgulloso. Ella era mejor que eso. Había sobrevivido durante los últimos años al intenso escrutinio personal, a la constante invasión de privacidad mientras se enfrentaba con sus demonios. Y no solo eso; había sobrevivido a la selva con Luca, que esperaba que fallase a cada paso.

Aunque en aquel momento no le parecía un triunfo sino una prueba de resistencia que aún tenía que pasar. Habían cambiado la salvaje selva por la más civilizada selva social. Y ese era un reto mucho mayor.

Sintió que se erizaba el vello de su nuca al oír un ruido tras ella y no tuvo tiempo de seguir pensando si había elegido o no el vestido adecuado. Irguiendo los hombros y haciéndose la fuerte, Serena se dio la vuelta.

Durante un segundo solo pudo parpadear para asegurarse de que no estaba soñando. No parecía capaz de respirar. Era como aquella noche, siete años antes, cuando vio a Luca por primera vez. Pero aquel Luca era infinitamente más maduro y más atractivo.

–Te has afeitado –comentó tontamente.

Pero esas palabras no hacían justicia al hombre vestido de esmoquin que tenía delante. Sin barba, su mentón cuadrado parecía aún más definido y el espeso pelo recién cortado la hacía sentir unos celos irracionales de la persona que hubiera puesto las manos en su cabeza.

Estaba demasiado emocionada por la aparición de Luca como para darse cuenta de que él tenía los ojos clavados en ella y un oscuro rubor cubría sus pómulos.

–Estás... increíble.

Era una diosa. Al principio solo se había fijado en la piel desnuda de sus brazos y sus hombros, pero después tuvo que admirar el vestido de seda roja con un escote que llamaba la atención hacia sus pechos. Iba sujeto por un adorno de pedrería en el hombro y luego caía desde la cintura hasta el suelo como una cascada de seda roja. Podía ver un insinuante y pálido muslo asomando por la tela y tuvo que apretar los dientes para no tomarla entre sus brazos.

Se había sujetado el pelo en un moño bajo que debería darle un aspecto más discreto que si llevara el pelo suelto, pero no era así. Al contrario, hacía que el vestido pareciese más provocativo.

Pero parecía incómoda. Tocaba el escote del vestido con gesto nervioso, como intentando taparse. La mujer que había conocido en Florencia llevaba un vestido diminuto y mucho más revelador, pero parecía encantada.

Serena levantó la mirada y su pulso se aceleró. Estaba tan cerca que podía oler su perfume... algo fresco. De repente, era como si llevase un mes sin verla cuando solo había pasado un día. Un día en el que había tenido que contenerse para no bajar a las oficinas a verla.

Era un peligro.

Había esperado que su aroma fuese abrumador, sensual, pero era infinitamente sutil y eso, por alguna razón, lo enfadó.

–¿Qué ocurre? ¿No te gusta el vestido?

¿Había encargado un vestuario de diseño y no le gustaba?

–No, el vestido es precioso –respondió ella con voz ronca–. ¿Pero por qué has enviado tanta ropa? No soy tu amante y no quiero que me trates como tal.

–Pensé que te agradaría estar preparada para acudir a un evento público.

–Quieres decir una humillación pública.

Luca tuvo que tragar saliva, más preocupado de lo que le gustaría admitir al ver su gesto de contrariedad.

–No es mi intención exponerte al escrutinio público. No quiero que te hagan daño.

–¿Pero no es parte del plan? ¿No es tu pequeña venganza?

Luca se sintió avergonzado. Era cierto. Serena de Piero despertaba sus más bajos instintos y podía ser tan cruel como lo había sido su padre.

–Quiero que me vean contigo.

Al decirlo se dio cuenta de que era verdad. Quería llevarla de su brazo y no para castigarla. Al pensar en la reacción adversa del público un instinto protector lo sorprendió, pero antes de perder pie completamente la tomó de la mano y dijo con voz ronca:

–Deberíamos irnos o llegaremos tarde.

Mientras bajaban en el ascensor vio que se agarraba al bolso como si fuera un salvavidas y cuando se detuvo puso una mano en su espalda como para protegerla.

–¿Estás nerviosa?

Mientras se apartaba, en sus ojos vio una emoción indefinible.

–No digas tonterías. Es que hace tiempo que no hago vida social. Nada más.

Luca sabía que estaba mintiendo, pero le hizo un

gesto para que lo precediese. Fuera los esperaba una legión de paparazzi y, sin darse cuenta, puso un brazo a su alrededor y la apretó contra él, cubriendo su cara con una mano mientras se dirigían al coche a toda prisa.

En el interior del coche, el corazón de Serena latía con tal violencia que casi la mareaba. No había esperado aquello y no podía dejar de sentirse traicionada. Todo lo que Luca había dicho era mentira y debería haberlo esperado.

Era una tonta. Por supuesto que quería vengarse...

–Yo no he tenido nada que ver con eso. Deben haberlos avisado, pero no sé quién –dijo Luca, apretando su mano.

Parecía realmente preocupado y le gustaría creerlo.

–No volverá a pasar –añadió.

Serena intentó sonreír.

–No te preocupes.

El roce del cuerpo de Luca seguía provocando un traidor cosquilleo en su piel. Recodó cómo la había apretado contra él, como para protegerla. Llevaba tanto tiempo sintiéndose desprotegida que le resultaba extraño. Tal vez no lo había planeado. En realidad, se había mostrado tan sorprendido como ella.

Cuando dejaron atrás a los paparazzi pulsó el botón para bajar la ventanilla y disfrutar de la brisa de Río y el olor del mar.

–¿Estás bien?

–Sí, es que necesito un poco de aire.

El cielo se había teñido de un color rosado y desde algún sitio Serena podía oír gritos y aplausos.

–¿Qué es eso?

–Gente aplaudiendo en la playa. Lo hacen todas las tardes porque las puestas de sol en Río son muy hermosas.

–Me encanta la idea –susurró Serena–. Me gustaría ver una puesta de sol.

Apartó la mirada enseguida porque el brillo de sus ojos la hacía sentir demasiado expuesta, pero le ardían las mejillas al recordar el roce de la tela del traje que, aun hecho a medida, no podía esconder el poderoso cuerpo masculino.

–¿Dónde vives cuando no te alojas en el ático? –le preguntó para pensar en otra cosa que no fuera su impresionante físico.

–Tengo una casa en Alto Gávea, un distrito en el bosque de Tijuca, al norte del lago...

–¿Es la casa de tu familia?

Él negó con la cabeza.

–Nuestra casa estaba a las afueras de Río. Mis padres jamás hubieran vivido tan cerca de las playas y las *favelas*.

–¿No te llevas bien con ellos?

–No –respondió él con tono seco–. Se separaron cuando yo tenía seis años y mi madre volvió a su país, Italia.

–¿Tienes hermanos?

–Sí, tengo un hermano mellizo.

–¿Mellizo? –repitió Serena, asombrada. No podía imaginar a dos hombres como Luca.

–No somos mellizos idénticos. Él vive en Italia, se fue allí con mi madre después del divorcio.

–¿Os separaron?

Pensar que alguien la hubiera separado de Siena hacía que se le helase la sangre. Siena había sido su única ancla en el enfermizo mundo que había creado su padre.

–Mis padres decidieron que cada uno se quedaría

con uno de nosotros. Mi madre me eligió para ir a Italia con ella, pero cambió de opinión en el último momento.

Serena dejó escapar un suspiro.

–Pero eso es horrible. ¿Y tu padre se lo permitió?

Luca la miró con expresión seria.

–A él le daba igual con qué hijo se quedara mientras uno de nosotros fuera su heredero.

Ella sabía lo que era crecer con un padre tiránico y cruel, pero aquello la sorprendió.

–¿Te llevas bien con tu hermano?

Luca se encogió de hombros.

–No mucho. Pero fue él quien me sacó de la cárcel y quien contrató a los mejores abogados para evitar un largo juicio. Claro que solo hizo falta una generosa donación para la «preservación de Florencia», que sin duda fue a los bolsillos de funcionarios corruptos, uno de los cuales seguramente sería tu padre. No pensaba quedarme para responder por un delito que no había cometido, pero no me exoneraron del todo, así que cada vez que voy a Europa mi nombre aparece en el ordenador de la policía como un posible delincuente.

Serena se dio la vuelta para mirar por la ventanilla. No podía decir nada. Había proclamado su inocencia mil veces, pero Luca tenía razón, su asociación con ella había sido desastrosa para él.

Estaban en una calle flanqueada por árboles, frente a un edificio de estilo colonial. Cuando Luca detuvo el coche un aparcacoches se hizo cargo del vehículo y Serena tuvo que respirar un par de veces para calmar sus nervios.

–No estoy interesado en el pasado sino en el presente –dijo él en voz baja.

Serena tragó saliva de nuevo. Algo frágil parecía

haber nacido entre ellos... algo tentador. Pero no quería hacerse ilusiones.

Luca le abrió la puerta del coche y la tomó del brazo mientras avanzaban para reunirse con otras parejas que entraban en el edifico iluminado por miles de lucecitas. Era una escena que Serena había visto un millón de veces, pero nunca destacada de ese modo. Nunca tan romántica.

Mientras entraban en la mansión se preguntó si de verdad podían dejar atrás el pasado. ¿O estaba dispuesto a afirmar eso solo para acostarse con ella?

–¿Podrías sonreír un poco? Parece como si estuvieras a punto de ser torturada.

Agradeciendo que no pudiera leer sus pensamientos, Serena murmuró:

–Es que esto es una tortura para mí.

Algo brilló en sus ojos. ¿Sorpresa?

–Puede que lo sea, pero un par de horas de tortura social merecen la pena si así conseguimos un nuevo colegio para una *favela*, por ejemplo.

Ella apretó los labios, cortada.

–¿Es para eso esta cena?

–Entre otras causas. También recaudamos fondos para la fundación.

Serena pensó en la niña del poblado, a un millón de kilómetros de allí y, sin embargo, tan cerca de su corazón.

–Lo siento –dijo con voz ronca–. Tienes razón, merece la pena.

Se perdió la mirada especulativa de Luca porque un camarero apareció en ese momento con una bandeja llena de copas de champán. Luca tomó una, pero ella negó con la cabeza.

–¿Tiene agua mineral, por favor?

Cuando el camarero se alejó Luca la miró con el ceño fruncido.

–¿De verdad ya no bebes?

–No, ya no bebo. La verdad es que nunca me gustó el sabor del alcohol. Era más el efecto que tenía.

–¿Y era?

–Hacerme olvidar.

El silencio se alargó, tenso. Y luego, por suerte, el atento camarero volvió con un vaso de agua. Luca estaba acercándose demasiado a ese sitio tan oscuro en su interior.

Alguien se acercó entonces para saludarlo. Serena esperaba que se olvidase de ella, pero su corazón dio un vuelco cuando tomó su mano antes de presentarla.

A Luca le costaba trabajo concentrarse en las conversaciones cuando normalmente no tenía el menor problema. Aunque estuviese con una mujer. Estaba pendiente de cada movimiento de Serena y de la atención masculina que atraía.

Y también notaba que parecía incómoda. Había esperado que se sintiera como pez en el agua, pero cuando llegaron a la reunión parecía realmente preocupada. Era lo mismo que había pasado en la selva, cuando Serena demostró que estaba equivocado sobre ella.

¿Conocía de verdad a aquella mujer?

En ese momento charlaba alegremente con un ejecutivo que dirigía la fundación fuera de Brasil cuando él habría esperado verla con cara de aburrimiento. Y cuando la vio reír, Luca se quedó sin respiración. Llamaba la atención de todos los hombres. Literalmente brillaba, su rostro transformado por esa sonrisa. Era innegablemente bella y se dio cuenta de que no había visto su auténtica belleza hasta ese momento.

Algo se encogió en su pecho al recordar la tortura a la que la había sometido. Llevarla a la selva contra su voluntad, hacerla caminar durante horas...

Había soportado horas de caminata, la picadura más dolorosa, había vivido en un rústico poblado en medio del Amazonas sin protestar. Se había granjeado el afecto de la gente de la tribu sin intentarlo siquiera cuando él había tardado años en ser aceptado y respetado.

Y los mineros, algunos de los hombres más duros de Brasil, prácticamente se quitaban la gorra cuando Serena aparecía, como si fuese un miembro de la realeza.

Luca tomó su mano para ir al salón de baile y cuando ella lo miró con una sonrisa en los labios una abrumadora sensación de anhelo lo golpeó en el plexo solar. Anhelaba ser quien provocase esa sonrisa.

Como si hubiera leído sus pensamientos, la sonrisa de Serena desapareció.

–Vamos a bailar –dijo Luca con voz ronca.

Ni siquiera le gustaba bailar, pero en aquel momento necesitaba sentir su cuerpo apretado contra el suyo o se volvería loco.

Cuando llegaron a la pista de baile, suavemente iluminada, la tomó por la cintura, admirando su asombrosa estructura ósea, su belleza clásica.

–¿Quién eres? –le preguntó, sin pensar.

Ella tragó saliva.

–Tú sabes quién soy.

–¿De verdad? ¿O es todo una gran farsa para volver a hacer lo que más te gusta, ser una princesa de la alta sociedad?

Serena se apartó, furiosa.

–Te he contado cosas de mi vida y sigues... ¿qué sabes tú sobre lo que me gusta o no me gusta?

Se alejó en dirección al vestíbulo, dejando a Luca paralizado porque ninguna mujer lo había dejado plantado en toda su vida.

Fue tras ella, murmurando una palabrota, pero cuando llegó al vestíbulo no había ni rastro de Serena y eso lo asustó.

Vio al aparcacoches y le preguntó bruscamente:

–La mujer que venía conmigo... ¿la ha visto?

El hombre parecía intimidado.

–Sí, acaba de subir a un taxi.

Luca soltó otra palabrota.

Estaban en una colina desde la que se veía toda la ciudad y el miedo se intensificó. Recordó a Serena diciendo que le gustaría ver una puesta de sol... ¿habría ido a la playa a esas horas de la noche?

El miedo se convirtió en pánico. Sacó el móvil y llamó al de Serena, pero estaba apagado. Río era una ciudad majestuosa, pero algunas zonas eran las más peligrosas del mundo, sobre todo de noche. ¿Dónde demonios habría ido?

Serena entró en el apartamento y cerró de un portazo, temblando de rabia.

Se quitó los zapatos y salió a la terraza para respirar un poco de aire fresco. Maldito fuera Luca Fonseca. No debería importarle lo que pensara de ella, pero después de todo lo que habían pasado juntos en la selva creía tontamente que había empezado a verla de otro modo.

Aquella era la auténtica Serena; una mujer que quería trabajar, hacer algo importante y no volver a aislarse de la realidad. La chica que había sido siete años antes había nacido de las retorcidas maquinaciones de su padre.

Se apoyó en la barandilla, disgustada consigo misma. Pensar que había estado dispuesta a acostarse con un hombre que la despreciaba... ¿Dónde estaba su precioso amor propio, el que había conseguido que rehiciera su vida?

Pero sabía dónde. Se había disuelto en cuanto Luca se acercó a ella. Y, sin embargo, eso no era del todo justo. Debía reconocer que él la había tratado de igual a igual en la selva y esa mañana, en la fundación, se había sorprendido al saber que ya había empezado a hablar sobre la tienda con los productos de los poblados, dándole crédito a su idea.

Oyó un ruido a su espalda y se puso tensa. No estaba preparada para volver a ver a Luca y se dio la vuelta a regañadientes. Él se acercaba con el rostro ensombrecido mientras tiraba del lazo de su corbata.

El mentón afeitado debería darle un aspecto más civilizado, pero no era así.

Capítulo 8

LUCA tiró la pajarita antes de salir a la terraza.

–¿Dónde demonios has estado? Te he buscado por todas partes.

Su enfado aumentó al ver que Serena se ponía en jarras con gesto desafiante.

–¿Pensabas que estaba en alguna discoteca? ¿O que había ido a buscar una farmacia para comprar fármacos?

Luca se detuvo. Debía reconocer que era un alivio verla allí, a salvo. Pero seguía furioso porque lo había dejado plantado. Claro que la había acusado de estar interpretando un papel...

De repente, una incómoda verdad se clavó en su estómago como un cuchillo. Tal vez aquella mujer era ella de verdad. Ningún papel, ningún subterfugio.

Y así, de repente, volvió a sentirse aturdido.

–Lo siento.

Serena se quedó sorprendida.

–¿Qué es lo que sientes?

La sinceridad lo obligó a admitir:

–Lo que ha pasado. Es que tú... –Luca apartó la mirada. Aunque ya no le resultaba tan difícil decir lo que quería decir, como si se hubiera dado por vencido–. Me confundes, Serena de Piero. Todo lo que había creído saber sobre ti es un error. La mujer que vino a Río, la mujer que ha sobrevivido en la selva, la mujer que se mostró tan atenta con la gente del poblado... es alguien que yo no esperaba.

La emoción que sintió al escuchar esa admisión, sabiendo cuánto debía haberle costado, hizo que Serena no pudiera pensar con claridad.

–Pero esta soy yo, siempre he sido yo –dijo con voz ronca–. Es que... estaba enterrada. Siento mucho haber salido corriendo, pero he venido aquí directamente. No me hubiera acercado a las playas después de lo que me contaste, no soy tan tonta.

Luca dio un paso adelante.

–Me asusté. Pensé que no te importaba el peligro.

Serena notó lo pálido que estaba. Había estado preocupado por ella, de verdad. No había creído que había ido a buscar drogas. La rabia y el dolor desaparecieron y algo cambió dentro de ella. Empezó a sentir cierta ternura. Y eso era peligroso.

–Estoy aquí, a salvo –murmuró, conteniendo el deseo de tocarlo.

Luca la tomó por las caderas. Era más bajita sin los zapatos de tacón, más delicada. Y se le puso la piel de gallina a pesar del calor. Animada por su proximidad, y por lo que había dicho, tiró de su chaqueta y él bajó los brazos para dejar que cayera al suelo.

Sin decir nada, Luca tomó su mano para llevarla al interior del apartamento, pisando su chaqueta sin darse cuenta.

Serena se dejó llevar. Nunca había sentido esa conexión con nadie más y experimentaba un deseo profundo de reclamar una parte de su sexualidad.

Sin embargo, cuando llegaron a su dormitorio, con muebles oscuros y sobrios, empezó a ponerse nerviosa. Tal vez estaba siendo una tonta, equivocando sus sentimientos. ¿No decían los hombres cualquier cosa para llevarse a una mujer a la cama? Había tanto en su pasado de lo que se avergonzada que aún no había hecho las paces con él y Luca parecía tener la habilidad de descubrir su lado más vulnerable solo con un beso.

¿Qué pasaría si la poseyese por completo?

Cuando apretó su mano, Serena dijo lo primero que se le ocurrió:

–Perdí mi virginidad cuando tenía dieciséis años. ¿Eso te sorprende?

Él se encogió de hombros.

–¿Debería sorprenderme? Yo también perdí la mía a los dieciséis, cuando una de las amantes de mi padre me sedujo.

–Pero eso es lo que esperan los hombres, ¿no? Que sus amantes sean inocentes.

Él hizo una mueca.

–Yo las prefiero expertas. No me interesan las vírgenes.

Serena no era virgen. Le habían robado la inocencia demasiado pronto.

Luca tiró de ella, apretándola contra su cuerpo, haciéndola sentir el calor de su erección, dura, gruesa, casi aterradora.

–Te deseo más de lo que nunca he deseado a otra mujer. Te deseo desde el día que te conocí.

Por un momento, Serena experimentó una mareante sensación de poder. Se dijo a sí misma que las emociones que experimentaba eran transitorias, que si el sexo nunca la había afectado emocionalmente tampoco le pasaría con él.

Pero cuando apoyó la cabeza en su torso el mundo desapareció y solo estaban ellos, sus abrazos, sus corazones latiendo al unísono, su piel ardiendo de deseo.

Luca acarició su espalda, despertando una reacción casi dolorosa en sus pezones, que rozaban la tela del vestido. Y cuando inclinó la cabeza para buscar su boca fue como si colocase la última pieza de un puzle. Serena abrió los labios, suspirando, sus lenguas rozándose, saboreándose y bailando íntimamente. Enredó los dedos en su pelo para descubrir la forma de su cráneo...

La boca de Luca era perversa y cuando se echó hacia atrás, jadeando, Serena tuvo que hacer un esfuerzo para abrir los ojos.

–Quiero verte con el pelo suelto –murmuró él con voz ronca.

Era como un sueño. ¿No había soñado aquello más de una vez en los últimos siete años? Y estaba pasando de verdad.

Levantó una mano para quitarse las horquillas que sujetaban su moño, sintiéndose lánguida y relajada como nunca. Cuando la cascada de pelo cayó sobre sus hombros provocó un cosquilleo en sus terminaciones nerviosas.

Luca agarró un mechón con una mano mientras con la otra apretaba su cintura, besándola con implacable pasión, introduciendo su lengua hasta el fondo de su boca.

Serena tembló mientras tiraba del vestido y, nerviosa, intentó cubrir sus pechos con los brazos, pero Luca los apartó.

No llevaba sujetador y su mirada era tan ardiente que la quemaba. Cuando empezó a acariciar un erecto pezón tuvo que morderse los labios para contener un gemido.

Y entonces reemplazó el dedo con la boca y chupó con fuerza del duro pezón hasta que Serena tuvo que arquear la espalda, perdida en las sensaciones.

Su erección la rozaba insistentemente y las caderas de Serena se movían como por voluntad propia...

–*Feiticeira.*

–¿Qué significa eso?

–Bruja –respondió Luca.

Volvió a besarla mientras tiraba del vestido hasta que cayó al suelo y Serena contuvo el aliento cuando abrió sus piernas para comprobar con un dedo si estaba preparada.

Se sentía lujuriosa mientras la acariciaba por encima de las bragas y bajó la cabeza para apoyarla en su hombro cuando introdujo sus perversos dedos. Las piernas no podían sostenerla y sus ojos se llenaron de lágrimas. Quería apretar los muslos porque la sensación era demasiado fuerte, pero él se lo impidió.

Por fin, sus piernas se rindieron y cayó sobre la cama, con el corazón latiendo violentamente.

Luca empezó a desabrochar su camisa, revelando ese exquisito y ancho torso cubierto de vello oscuro. Cuando tiró hacia abajo del pantalón, llevándose el calzoncillo a la vez, su erección era casi aterradora. Larga, gruesa y dura, con una gota de humedad en la punta.

–Siete años, Serena –dijo con voz ronca mientras abría el cajón de la mesilla–. Durante siete años te he deseado más que a ninguna otra mujer. No sabes cuántas veces he imaginado este momento.

Serena lo miró mientras se enfundaba el preservativo. Había algo tan increíblemente masculino en ese gesto...

–Relájate –dijo con voz ronca.

Serena intentó hacerlo. Se alegraba de que él llevase el control porque ella no era capaz de formular un pensamiento coherente.

Luca le quitó las bragas, dejándola completamente desnuda. Había estado desnuda frente a otros hombres, pero nunca había sido así. Como si estuviera renaciendo.

Estaba sobre ella, besándola mientras apoyaba el peso de su cuerpo sobre las manos. Apenas se tocaban, pero esos anchos hombros bloqueaban todo lo demás. Serena alargó las manos, desesperada por acariciar los tensos y lustrosos músculos de su espalda.

Pero Luca se apartó.

–Me estás matando. Te necesito... ahora. Abre las piernas.

Serena obedeció sin pensar y Luca se colocó sobre ella. Podía sentir la punta de su miembro empujando, abriéndola, buscando la entrada.

Todas las células de su cuerpo deseaban esa unión. La deseaba como no había deseado nada en toda su vida, pero se sentía al borde de un desconocido precipicio.

Luca empujó, duro y fuerte, y ella gritó ante la exquisita invasión.

Le dolía. Era tan grande... pero poco a poco el leve dolor se disipaba, dando paso a una excitante sensación de estar completa.

–¿Serena?

Cuando abrió los ojos Luca tenía el ceño fruncido. No se había dado cuenta de que estaba mordiéndose los labios.

–Te he hecho daño.

Serena lo sujetó con las piernas cuando iba a apartarse.

–No –dijo con voz entrecortada–. No me has hecho daño. Es que... ha pasado algún tiempo.

Durante un segundo pensó que iba a apartarse del

todo, pero luego empezó a empujar de nuevo, manteniendo un ritmo que la dejaba sin respiración. Se detenía cada cierto tiempo para besarla o para chupar sus pezones, provocando un placer exquisito.

Serena enredó los pies en su cintura, pero no podía librarse de eso que la mantenía atada y evitaba que levitase hacia las estrellas. El instinto le dijo entonces por qué no podía hacerlo en aquel momento de intensa intimidad: la razón por la que nunca se había permitido a sí misma sentir era que siempre había temido perder el control.

Lo cual era una ironía. Pero perder la cabeza con el alcohol y los fármacos había sido, perversamente, una forma de mantener el control. Aquello no. Aquello amenazaba con hacer que saliera del caparazón bajo el que se protegía y eso le daba miedo.

Un sollozo escapó de su garganta cuando el esquivo pináculo de placer se alejó. No podía dejarse ir del todo.

Unos segundos después, Luca dejó escapar un gruñido gutural mientras temblaba de arriba abajo, liberándose en su interior.

Pero Serena se sentía vacía, insatisfecha.

Y en cuanto Luca la liberó de la prisión de sus brazos sintió la necesidad de escapar.

Apenas lo oyó llamarla mientras cerraba la puerta del baño tras ella. Le temblaban las piernas y sus ojos se llenaron de lágrimas ante la magnitud de lo que había pasado. Algo se había roto dentro de ella tanto tiempo atrás que no podía funcionar con normalidad. Y tenía que ser Luca quien lo demostrase.

Serena abrió el grifo de la ducha y dejó que las lágrimas rodasen por su rostro.

Unos segundos después oyó un golpecito en la puerta y a Luca llamándola.

–¡Déjame un momento! –gritó, desesperada.

Por suerte, él no insistió.

Se sentó en el suelo de la ducha, dejando que el agua cayera sobre su cuerpo. Se abrazó las rodillas y apoyó en ellas la cara, intentando decirse a sí misma que lo que acababa de pasar no era un cataclismo.

Luca miró la puerta cerrada. No estaba acostumbrado a sentirse impotente, pero en aquel momento así era. Maldijo en voz baja, sabiendo que ella no podría oírlo con el ruido de la ducha... y por algo que sonaba sospechosamente como un sollozo.

Algo se encogió en su pecho. ¿Por qué estaba llorando? ¿Le había hecho daño?

Maldijo de nuevo mientras paseaba por la habitación, sin saber qué hacer. Por fin, sacó unos vaqueros gastados del armario y volvió a pasear sin rumbo.

Maldita fuera. Ninguna mujer había reaccionado así después de hacer el amor con él. Salir corriendo al baño, llorando como una cría...

Y sin embargo...

¿De verdad le había hecho el amor a Serena o su deseo era tan abrumador que no se había dado cuenta de que ella no estaba disfrutando?

Hizo una mueca al pensar en lo estrecha que era. Y en sus roncas palabras: «ha pasado algún tiempo». Debía haber pasado mucho tiempo. ¿Y qué significaba eso? Que su reputación de promiscua podría no ser correcta, para empezar. Y se había mostrado algo torpe, como si no tuviera experiencia. Nada que ver con la seductora que él había esperado.

Había visto sus gestos, su expresión inescrutable, pero estaba tan perdido en el intenso placer que no había podido contenerse y se liberó dentro de ella con una fuerza desconocida para él.

Pero debía enfrentarse con una desagradable verdad: se había comportado con la fineza de un toro.

El ruido de la ducha cesó y Luca tragó saliva. Volver a ver a Serena en ese momento hacía que quisiera salir corriendo, pero ese deseo salía de un sitio profundo que no quería reconocer. Serena de Piero no había llegado hasta allí. Nadie lo había hecho.

Cuando Serena salió del baño, envuelta en un voluminoso albornoz, seguía sintiéndose más desconcertada y vulnerable que nunca. El dormitorio estaba vacío y se le encogió el estómago al pensar que Luca se había ido.

Pero entonces se enfadó consigo misma. ¿No le había pedido que la dejase? ¿Por qué iba a quedarse con una mujer herida física y emocionalmente cuando tenía que haber montones de mujeres que le darían satisfacción sin tantos problemas?

Inquieta, se ató el cinturón del albornoz antes de dirigirse al salón, con el pelo mojado cayendo por su espalda.

Y entonces lo vio en la terraza. No se había ido. Su corazón se detuvo durante una décima de segundo y algo cálido y traidor embargó su pecho.

Se había puesto unos vaqueros y Serena admiró su espalda ancha y suave, el cabello despeinado. ¿Por sus manos o por la brisa?

Y entonces Luca dijo por encima de su hombro:

–Deberías venir a ver el paisaje, es espectacular.

Serena llegó a su lado y apoyó las manos en la barandilla. La vista era exquisita. Río iluminado por miles de luces, las playas, el Pan de Azúcar a lo lejos. Era mágico, maravilloso.

–Nunca había visto nada tan bonito –susurró, curiosamente calmada.

–No me lo creo.

–Es cierto. Antes... no me habría fijado. No la habría disfrutado.

Sintió, más que ver, que Luca se daba la vuelta para mirarla y cuando giró la cabeza vio su rostro sombrío a la luz de la luna.

–¿Te he hecho daño? –le preguntó.

–No, no –se apresuró a decir ella–. No me has hecho daño, no es eso.

–¿Entonces?

¿Por qué no lo dejaba? Serena no estaba acostumbrada a que los hombres le preguntasen si disfrutaba del sexo porque normalmente se contentaban con contar a sus amigos que se habían acostado con ella. La heredera salvaje.

–Ya has tenido un orgasmo entre mis brazos, pero te has encerrado en ti misma de repente.

Serena sintió que le ardía la cara al recordar la fuerza del orgasmo cuando la tocó en la selva. Pero aquello había sido diferente porque entonces no estaba dentro de ella.

Y ella no estaba enamorándose de Luca.

Esa verdad la golpeó como un rayo. Estaba enamorándose de él, de modo que era lógico que sintiera miedo. Su cuerpo lo había sabido antes que ella, por eso temía hacer el amor, sentirse poseída por Luca.

Lo miró entonces, temiendo que se hubiera dado cuenta, pero él esperaba su respuesta con una ceja enarcada.

–Te dije que había pasado algún tiempo.

–¿Cuánto tiempo?

Serena lo miró haciendo una mueca.

–Años. Muchos años.

–¿No has tenido amantes desde que te fuiste de Italia?

–No. Y antes de irme de Italia también había pasado mucho tiempo –admitió–. La verdad es que nunca he disfrutado del sexo. Mi reputación de promiscua estaba basada en las historias que contaban los hombres a los que había rechazado, no en la realidad. Me temo que no soy ni la mitad de degenerada de lo que tú piensas... mucho hablar y luego nada.

Luca se quedó en silencio durante largo rato.

–Me he dado cuenta de que no tienes mucha experiencia –dijo luego–. Pero te catalogaban como una chica degenerada y promiscua y tú no hacías nada para defenderte.

–Como si alguien me hubiese creído –Serena miró de nuevo hacia la ciudad, sintiéndose apartada, como suspendida en el espacio–. ¿Sabes cómo aprendí a besar?

–¿Cómo?

–Uno de los amigos de mi padre entró en mi habitación durante una fiesta...

Serena dejó escapar un gemido cuando Luca la agarró por los hombros.

–¿Te tocó?

Ella negó con la cabeza.

–No, no, mi hermana Siena estaba allí. Vino a mi cama y el hombre se marchó. Después de eso siempre cerrábamos la puerta con llave.

Luca apretó sus hombros con fuerza.

–Deus... Serena.

La soltó para pasarse una mano por el pelo, mirándola como si fuera una extraña. Y ella lo agradeció porque otra cosa sería demasiado aterradora. Luca mirándola con algo parecido a la ternura...

No, no podía ser.

Se dejó caer sobre una butaca y levantó las rodillas hasta su pecho mientras Luca se quedaba de espaldas a la barandilla, con las manos en los bolsillos de los vaqueros.

–No lo entiendo –dijo por fin con expresión tensa–. No te entiendo.

–¿Qué es lo que no entiendes? –preguntó Serena en voz baja, su corazón palpitando ante la atenta mirada masculina.

–Has tenido todas las oportunidades de mostrarte difícil desde que llegaste aquí, pero no lo has sido.

–No te entiendo.

–Una niña que es medicada por ser difícil, salvaje. Una niña que se convierte en una adolescente alocada, decidida a provocar escándalos a todas horas... tú no eres así.

El corazón de Serena se aceleró. Empezaba a marearse.

–Era yo –dijo en voz baja.

–Nadie cambia tan fácilmente.

Luca se acercó para sentarse a su lado, pero Serena sentía como si estuviera al borde de un precipicio, a punto de caer.

–¿Por qué tomabas medicación desde niña?

–Ya te lo he contado. Cuando mi madre murió...

Él negó con la cabeza.

–Tiene que haber algo más.

Nadie se había mostrado tan interesado en conocer sus secretos. En rehabilitación, los profesionales cobraban por conocerla y ella lo había permitido porque quería ponerse bien.

Luca la empujaba a descubrir sus secretos... ¿y para qué?

El deseo de mostrarse vulnerable, de confiar en él era aterrador. Demasiado después de lo que acababa de reconocer. Estaba enamorándose de él cuando Luca solo estaba interesado en acostarse con ella...

Había tantas cosas en su pasado, pero no podía contarlas. Se sentía demasiado frágil.

Por instinto de supervivencia, Serena se levantó abruptamente, haciendo que Luca echase la cabeza hacia atrás.

–No hay nada más. Y pensé que a los hombres no les gustaban las conversaciones después del sexo. Si hemos terminado, me gustaría irme a la cama. Estoy cansada.

Iba a entrar en el salón, con el corazón acelerado, pero Luca se levantó de un salto para sujetarla por la muñeca.

–¿Si hemos terminado por esta noche? ¿Qué significa eso?

Serena se encogió de hombros, intentando afectar un tono aburrido.

–Hemos ido a la cena benéfica, nos hemos acostado juntos –se obligó a sí misma a mirarlo–. ¿Qué más quieres, que te arrope y te lea un cuento?

Luca sintió que le ardía la cara de rabia y soltó su muñeca como si lo quemase.

–No, cariño, no quiero que me arropes y me leas un cuento. Te quiero en mi cama a mi conveniencia durante el tiempo que yo desee.

Estaba siendo cruel a propósito, y más remoto que nunca, pero el instinto de supervivencia le pedía que se alejase, que no le dejase acercarse demasiado.

–Bueno, si no te importa me gustaría dormir sola.

«Mentirosa», le decía su cuerpo. Incluso en ese momento, con Luca enfadado, el deseo de tenerlo dentro otra vez hacía que sintiera una humedad entre las piernas.

¿Para poder dejarlo fuera otra vez? ¿Para volver a sentirse humillada? No, estaba haciendo lo que debía.

Luca se acercó. Si la tocaba, sabría lo falsa que estaba siendo.

Pero se detuvo a unos centímetros para decir:

–Los dos sabemos que podría tenerte en mi cama si quisiera, suplicándome, teniendo un orgasmo. Y lo harás la próxima vez, Serena.

Cuando dio un paso atrás, ella se sintió desorientada. ¿Pensaba que lo había hecho a propósito, que no había terminado a propósito solo para humillarlo o algo así?

–Pero ahora mismo mi deseo ha desaparecido –añadió Luca, pasando a su lado.

Cuando entró en el salón Serena empezó a temblar. Todo en ella le pedía que lo llamase.

¿Pero no quería apartarlo?, se preguntó. Su pasado nunca le había pesado tanto. Sabía que estaba intentando protegerla, pero también aprisionándola.

Podía imaginar a Luca cambiándose para salir del apartamento y se le encogió el estómago. Él era la única persona a la que casi le había contado todo. Recordaba su expresión preocupada... hasta que lo convenció de que no tenía nada que decir salvo que quería estar sola.

¿Por qué no iba a marcharse si ella lo había empujado a hacerlo?

¿Y qué importaba que solo la quisiera en su cama? De repente, tuvo que reconocer que, a pesar del miedo, deseaba apoyarse en la fuerza de Luca para enfrentarse con los demonios que la perseguían. Estaba harta de dejar que el pasado la definiese, de alejarse de las relaciones por temor a que viesen los demonios que había en su interior.

Después de todo, ¿qué era lo peor que podía pasar? Luca no podría mirarla con más frialdad. ¿Y si no la creía?, se preguntó. Entonces, al menos habría sido totalmente sincera con él.

Unos segundos después vio a Luca dirigiéndose hacia la puerta, con un pantalón negro y un jersey del mismo color.

Reuniendo valor para entrar en el apartamento, lo llamó:

–Espera, por favor. No te vayas.

Capítulo 9

LUCA se detuvo en la puerta, con la mano en el picaporte. ¿Había oído bien o su imaginación estaba conjurando lo que quería escuchar de la sirena que había puesto su vida patas arriba?

No se volvió.

–¿Qué ocurre, *minha beleza*? ¿Estás dispuesta a tener un orgasmo?

Se sentía desconcertado, perdido. De verdad había creído ver algo increíblemente vulnerable en Serena. Por fin había creído que era lo que parecía ser y entonces, de repente, cambiaba por completo. No se sentiría más ridículo si le hubiera profesado amor eterno.

Por fin, se dio la vuelta, la rabia como lava ardiente explotando dentro de él. Cuando la vio, tan pálida, con los ojos empañados, intentó hacerse el cínico:

–Buen intento, pero no voy a tragarme ese papel. Francamente, prefiero que mis amantes sean un poco más constantes.

Iba a darse la vuelta para salir del apartamento, pero Serena dio un paso adelante.

–Por favor, espera. Escúchame.

Él suspiró pesadamente, odiando el temor que sentía. El temor que le susurraba que saliese corriendo y se alejase de aquella mujer.

Se dio la vuelta y cruzó los brazos sobre el pecho, arqueando una ceja.

–¿Y bien?

Serena tragó saliva. Su pelo era como una cortina de oro sobre los hombros, rozando el nacimiento de sus pechos bajo el albornoz. Unos pechos cuyo sabor aún recordaba.

–¿Quieres decirlo de una vez? –le espetó mientras se servía un vaso de whisky y lo tomaba de un trago. Era indignante necesitar alcohol para hablar con ella. No sabía qué le pasaba–. Serena, si no me dices...

–Me estabas empujando a hablar y yo no quería hacerlo, así que fingí que no... fingí que quería estar sola, pero no es verdad.

Luca se quedó inmóvil. «Sigue jugando contigo», le dijo una vocecita. Pero entonces recordó el brillo de temor que había visto en su mirada antes de convertirse en una princesa de hielo.

Lentamente, dejó el vaso sobre la mesa y se dio la vuelta. Serena parecía pálida, temblorosa y, a la vez, decidida.

–Lo siento.

Su voz era ronca y tocó su piel como una caricia.

–¿Qué es lo que sientes?

Ella se mordió los labios.

–Quería que pensaras que estaba cansada para que te fueras, pero no es cierto.

–Dime algo que no sepa –replicó Luca, irónico. Pero, al ver que palidecía aún más, la tomó del brazo para llevarla al sofá.

–En serio, si te estás riendo de mí...

–¡No! –gritó ella, apretando las manos en su regazo–. Estabas haciéndome tantas preguntas que me sentía amenazada. Nunca le he contado a nadie lo que pasó. Siempre me he sentido demasiado avergonzada y culpable por no haber hecho nada para detenerlo. Y durante mucho tiempo incluso dudaba de que hubiera ocurrido de verdad...

Luca supo que no estaba interpretando un papel y, por instinto, envolvió su mano en la suya. Y cuando ella lo miró algo se encogió dentro de su pecho. Maldita fuera.

–¿Qué pasó?

Sus manos estaban heladas y sus ojos nunca le habían parecido más grandes o más azules.

–Vi a mi padre matar a mi madre cuando tenía cinco años.

Luca abrió la boca y luego volvió a cerrarla.

–¿Qué has dicho?

Serena no podía apartar los ojos de él, como si la anclase a algo, como si fuera una roca a la que agarrarse.

–Cuando tenía cinco años oí a mis padres discutiendo... no era nada nuevo porque discutían todo el tiempo. Bajé al estudio y cuando miré por la rendija de la puerta pude ver a mi madre llorando. No sabía sobre qué discutían, pero algo me decía que era sobre las aventuras de mi padre.

–¿Y qué pasó? –repitió Luca.

–Mi padre golpeó a mi madre en la cara y cuando cayó al suelo... se golpeó la cabeza contra la esquina del escritorio –Serena cerró los ojos–. Lo único que recuerdo es un charco de sangre bajo su cabeza y lo pálida que estaba. Debí hacer algún ruido porque lo siguiente que recuerdo es a mi padre llevándome a mi habitación. Yo estaba llorando, histérica, y me dio una bofetada que me arrancó un diente de leche... luego llegó el médico y me puso una inyección. Aún recuerdo el dolor en el brazo. Y el funeral... después de eso, todo es como un borrón.

–¿Y tu hermana?

–Siena solo tenía tres años entonces y no sabía nada. Recuerdo que el médico iba a menudo a casa. Y una vez fue la policía, pero no pude decirles nada. Quería contarles lo que había visto, pero me daban algo que me dejaba adormecida... –su tono se volvió amargo–. Mi padre ocultó el crimen, por supuesto, y nadie lo acusó de la muerte de mi madre. Ahí fue cuando empezó todo. A los doce años, mi padre y su médico me habían convertido en una adicta a los fármacos. Decían que tenía un déficit de atención y que era difícil de controlar... que era por mi propio bien. Entonces mi padre empezó a dejar caer términos como «bipolar», dando a entender que tenía una enfermedad mental. Incluso hizo creer a mi hermana que había intentado suicidarme.

–¿Y es así? –preguntó Luca.

Ella negó con la cabeza.

–No, pero aunque lo negaba, mi hermana estaba tan programada como todos los demás para creer que yo era una persona inestable. Mi padre incluso hacía ver que no quería darme pastillas mientras su médico me las daba a diario.

–¿Pero por qué no te fuiste de casa cuando cumpliste la mayoría de edad?

Serena intentó apartar ese peso de su conciencia. Tenía que empezar a perdonarse a sí misma.

–No encontraba una salida. Cuando tenía dieciséis años interpretaba el guion que mi padre había escrito para mí desde niña. Era «una chica salvaje», «imposible de controlar». Y adicta a los fármacos. Siena, en cambio, era la inocente, la buena. Incluso ahora tiene la inocencia que yo nunca tuve. Mi padre jugó a enfrentarnos. Si Siena hacía algo, yo era castigada, no ella. Fue educada para ser la perfecta heredera. Yo, en cambio, era educada para acabar ingresada en una clínica o muerta en alguna cuneta.

Luca apretó sus manos y solo entonces Serena se dio cuenta de lo frías que estaban.

–¿Por qué no has hablado con la policía sobre la muerte de tu madre?

–¿Quién hubiera creído a la inestable Serena de Piero? Me sentía impotente. Había empezado a dudar de mí misma... no sabía si aquello había ocurrido de verdad o era cosa de mi imaginación. Tal vez solo era una niñata de la alta sociedad enganchada a las drogas, como decía todo el mundo.

Luca estaba sacudiendo la cabeza y Serena se asustó. Había sido una tonta por contarle todo aquello.

–No me crees.

Él apretó los labios.

–Claro que te creo. Conocí a tu padre y sé que es un canalla. No fue culpa tuya, él te convirtió en una adicta.

Serena experimentó una traicionera emoción. La aceptaba. La aceptaba como era.

–Siento lo de antes –dijo con voz ronca–. Es que no quería contártelo.

–¿Y qué ha cambiado?

Serena sintió como si estuviese acorralándola otra vez, pero luchó contra el deseo de escapar.

–Tú mereces saber la verdad y yo no estaba siendo sincera del todo.

–¿Sobre qué?

Iba a hacer que lo dijese.

Se sentía cautivada por su mirada. El tiempo parecía haberse detenido y sentía como si no pesara. Le había contado a alguien su gran secreto y el mundo no se había hundido bajo sus pies.

–No quería pasar el resto de la noche sola. Solo era una excusa.

Los ojos de Luca se habían oscurecido mientras tomaba su cara entre las manos.

–¿Vas a quedarte?

De repente, lo necesitaba desesperadamente. Necesitaba agarrarse a algo porque sentía que podría salir flotando y perder el contacto con la realidad.

–Sí.

Luca la tomó en brazos y ella le echó los brazos al cuello, besando el pulso que latía en su garganta.

Todo su cuerpo latía de deseo.

La dejó suavemente sobre la cama y Serena tembló como si estuviese tocándola por primera vez.

Estaba enfebrecida mientras rozaba sus pezones con las uñas, haciendo que Luca murmurase algo ininteligible. Luego bajó las manos hacia la cremallera de su pantalón para rozar el miembro de acero.

Las manos de Luca también estaban ocupadas desatando el cinturón del albornoz mientras la devoraba con la mirada. Un rubor oscuro cubría sus pómulos mientras se bajaba los pantalones y los apartaba de una patada.

Serena no podía respirar, no podía dejar de tocarlo.

–Quiero ir despacio –dijo Luca con voz gutural– no como antes.

Pero Serena estaba desesperada por sentirlo de nuevo en su interior y sacudió la cabeza mientras susurraba:

–Yo no quiero ir despacio.

–¿Estás segura?

Asintió con la cabeza y vio que Luca apretaba el

mentón, como si tuviera que hacer un esfuerzo sobrehumano para mantener el control. Lo miró mientras se ponía el preservativo con una expresión casi salvaje.

Su sexo latía de deseo y abrió las piernas en una muda llamada que Luca atendió cubriendo su monte de Venus con la mano y explorando sus secretos pliegues hasta provocar un río de lava.

–Estás tan mojada –dijo con voz ronca.

–Por favor... –susurró Serena–. Te deseo tanto.

Luca se inclinó sobre ella, aplastándola deliciosamente contra el colchón mientras capturaba un pezón con los dientes casi hasta hacerle daño. El placer era insoportable.

Serena estaba a punto de sollozar cuando por fin introdujo su duro miembro y contuvo el aliento mientras empujaba hasta estar enterrado en ella.

–Eres tan estrecha... –murmuró–. Relájate, preciosa.

El término cariñoso hizo que se rindiera del todo y cuando se deslizó profundamente en su interior experimentó una sensación de femenino poder.

El vello de su torso provocaba una deliciosa fricción sobre sus pechos mientras se movía adelante y atrás, cada embestida de su cuerpo llegando más profundamente, llevándola a un sitio que había clausurado muchos años atrás.

No podía apartar los ojos de él. Era prisionera de su mirada mientras se hacía dueño de su cuerpo.

Luca colocó una de sus piernas sobre su cadera, abriéndola del todo, y sus embestidas se volvieron más feroces, más poderosas. Apretaba sus nalgas con una mano mientras la hacía suya, haciéndola gritar. La tensión había llegado a un punto insoportable, casi doloroso.

Pero cuando cerró los ojos, él le ordenó:

–Mírame, Serena.

Ella lo hizo y algo se rompió en su interior.

Luca buscó con los dedos el hinchado capullo de nervios y la tocó con tal precisión que ya no podía esconderse. Explotó, perdiendo el control al que se había agarrado desde que el mundo se hundió a sus pies cuando era niña, cuando perder el control había sido una forma de control.

Exhausta, experimentó una oleada de felicidad. La definición de un orgasmo era «pequeña muerte» y el término nunca le había parecido más apropiado. Sabía que una parte de ella había muerto y algo increíblemente frágil y nebuloso estaba ocupando su lugar.

Mareada, notó que los espasmos de sus músculos internos habían desatado el orgasmo de Luca, que temblaba de arriba abajo con la cabeza apoyada en su hombro. Serena se pegó a él, con las piernas enredadas en su cintura, mientras las convulsiones se alargaban hasta el infinito.

Luca estaba en la cocina a la mañana siguiente, haciendo el desayuno y pensando que nunca en toda su vida le había hecho el desayuno a una amante. En general, le gustaba estar solo después para no tener que lidiar con ilusiones románticas.

Pero allí estaba, haciendo el desayuno para Serena y sin el menor deseo de poner espacio entre ellos, con el cerebro aún embotado por una sobrecarga de placer y por las revelaciones de la noche anterior.

No podía dejar de pensar en ella, de niña, traumatizada por la violenta muerte de su madre, con un padre sádico que intentaba desacreditarla a todas horas.

No era tan fantástico creer a Lorenzo de Piero capaz de tal cosa.

Pensó en esa noche, cuando vio a Siena pagando la fianza para sacar a Serena de la comisaría. Había atendido a su hermana como si fuera su madre y Serena se apoyaba en ella como si fuese algo normal.

Las dos habían sido manipuladas por su padre, la dos hacían el papel que les habían enseñado a interpretar. La buena chica y la mala.

Todo tenía sentido a partir de ese momento y Luca sabía que no había imaginado el brillo de vulnerabilidad en sus ojos la noche que la conoció...

Un ruido a su espalda hizo que girase la cabeza. Serena estaba en la puerta de la cocina, despeinada y envuelta en un albornoz. Parecía vacilante, tímida y Luca tragó saliva. Todo lo que había creído sobre ella era mentira.

Nervioso, apretó el cuenco que tenía en la mano y siguió batiendo los huevos.

–¿Tienes hambre?

–Me muero de hambre.

La voz ronca de Serena encendió su sangre una vez más, recordándole cómo había gritado su nombre en los momentos de pasión. Cómo había suplicado... y lo que sentía con ella.

Deus.

Serena entró en la cocina sintiéndose ridículamente tímida.

–¿Sabes cocinar?

Luca esbozó una sonrisa.

–Tengo un repertorio muy limitado. Hacer unos huevos revueltos es alta cocina para mí.

Serena se sentó en un taburete, intentando no derretirse ante una escena tan doméstica. Luca, con unos vaqueros gastados, una camiseta, el cabello despeinado y sombra de barba, haciéndole el desayuno.

–¿Dónde aprendiste?

Luca echó el beicon en la sartén, sin mirarla.

–Cuando mi madre se marchó, mi padre despidió al ama de llaves. Siempre le había parecido un gasto innecesario.

–¿Desde entonces cocinaba él?

Luca negó con la cabeza.

–Yo estaba en un internado fuera de Río, así que solo tenía que arreglármelas durante las vacaciones –respondió, haciendo una mueca–. Una de las amantes de mi padre se apiadó de mí cuando me encontró tomando cereales a la hora de la cena. Ella me enseñó lo más básico. Me caía bien, era una de las más simpáticas, pero se marchó.

–¿Fue ella la que te sedujo?

Luca no pudo disimular una sonrisa.

–No.

Avergonzada por ese tonto ataque de celos, Serena le preguntó:

–¿Tu padre no volvió a casarse?

–No, nunca.

Luca sirvió el café en dos tazas y le ofreció una.

–Aprendió la lección cuando mi madre se marchó llevándose una pequeña fortuna. Ella provenía de una familia rica, pero para entonces el dinero había desaparecido.

Serena hizo una mueca de dolor.

–No sé cómo habría sobrevivido si me hubieran separado de Siena.

Luca puso un plato de huevos revueltos y beicon frente a ella y la miró mientras se sentaba en el taburete.

–Os lleváis bien, ¿no?

Ella asintió con la cabeza, pensando en su hermana y su familia.

–Siena me salvó.

–Yo creo que te salvaste a ti misma en cuanto fuiste capaz de hacerlo.

Serena se encogió de hombros.

–Sí, supongo que sí –murmuró, probando el desayuno–. ¿Tu hermano se parece a ti? ¿También él está decidido a solucionar todos los males de este mundo?

Él suspiró pesadamente.

–Max es... nuestra relación es complicada. Estuvo resentido contra mí durante mucho tiempo porque mi padre me lo dejó todo. Intenté darle la mitad cuando él murió, pero Max es demasiado orgulloso y se negó a aceptarlo.

Serena sacudió la cabeza, emocionada al saber que había sido tan generoso.

–¿Qué tal le ha ido en Italia?

–Él lo pasó mucho peor que yo. Mi madre era una persona muy inestable que iba de un hombre rico a otro cuando no estaba en una clínica de rehabilitación. Max pasó de un internado suizo a vivir en las calles de Roma...

–¿En serio?

–Pero salió de la pobreza sin ayuda de nadie. No aceptaba nada de mí y, desde luego, no habría aceptado nada de mi padre. Solo años después, cuando ganó su primer millón, pudimos retomar nuestra relación.

Serena dejó el tenedor y el cuchillo sobre el plato. Luca había demostrado ser intransigente e incapaz de perdonar cuando llegó a Río, pero en ese momento estaba viendo a un hombre diferente. Su pasado era casi tan complicado como el suyo y, sin embargo, no se había dejado contaminar por la corrupción de su padre o por las veleidades de su madre; veleidades que ella entendía muy bien.

Considerando lo fácil que hubiera sido seguir viviendo en la niebla de las adicciones, sin tener que lidiar con la realidad, tal vez a ella no le había ido tan mal.

Luca estaba mirándola con una ceja enarcada, esperando respuesta a una pregunta que ella no había escuchado.

–Perdona, estaba perdida en mis pensamientos.

–Dijiste que querías conocer Río.

Serena asintió con la cabeza.

–Sí, claro.

Luca no parecía tan arrogante como de costumbre y eso hizo que su corazón redoblase sus latidos.

–Es sábado y me gustaría enseñarte mi ciudad.

A Serena se le encogió el estómago. Se sentía ridículamente tímida de nuevo. Algo burbujeaba dentro de ella... ¿felicidad? Era una sensación tan extraña que la tomó por sorpresa.

–Eso me gustaría mucho.

Capítulo 10

YA HAS tenido suficiente?

Serena murmuró algo ininteligible. Estaba tumbada en la playa de Ipanema, los últimos rayos del sol bañando su piel con su delicioso calor. Había muchas conversaciones a su alrededor, con la preciosa cadencia del portugués, gente riendo, charlando, las olas rozando la arena. Aquello era el paraíso.

Cuando sintió el roce de los labios de Luca, todo su cuerpo se orientó hacia él. Luego abrió los ojos, haciendo un esfuerzo, y su corazón dio un vuelco al ver cómo la miraba.

–¿Podemos quedarnos un rato más?

Luca intentaba darle a todo una semblanza de normalidad cuando el día que habían pasado juntos era tan anormal para él que casi le daba miedo.

–Sí, claro –respondió. Aunque la sonrisa de Serena no lograba hacer que recuperase el equilibrio.

Solo había hecho falta un día explorando Río y un par de horas en la playa para que su piel adquiriese un luminoso brillo dorado. Su pelo parecía más rubio, casi blanco, los ojos azules destacando en la piel bronceada.

Esa mañana habían tomado un tren por la selva hasta el Cristo Redentor en el Corcovado y Serena se había sentido cautivada. Frente a la barandilla, admirando el fabuloso panorama de Río, lo había mirado con un brillo de emoción casi infantil en los ojos.

–¿Podemos ir a la playa después?

Luca intentó disimular su sorpresa. No quería ir de compras, quería conocer Río de verdad. Pero antes de ir a la playa fueron a almorzar a su café favorito.

–Entonces tu familia no te pasa dinero, ¿verdad? –le preguntó.

De inmediato vio un brillo de indignación en los ojos azules. Luca no lo hubiese creído antes, pero lo creía en ese momento y sentía algo oscuro y pesado en su interior.

–Pues claro que no –respondió Serena–. Mi hermana y su marido pagaron el alquiler de mi apartamento en Atenas cuando por fin pude empezar a vivir sin adicciones, pero pienso devolverles el dinero en cuanto pueda. Por eso el trabajo es tan importante para mí.

Era algo normal que la gente recibiese dinero de su familia y, sin embargo, a ella le costaba admitirlo. Serena de Piero lo había tenido todo, o la gente creía que lo había tenido todo, y en ese momento no tenía nada.

Había visto que se ruborizaba cuando la vio dejar limpio su plato de *feijoada*, un famoso estofado brasileño hecho con judías negras y carne de cerdo.

–Mi hermana es igual –le contó–. Cuando éramos pequeñas, nuestro padre solo nos permitía comer pequeñas porciones. Siempre teníamos hambre.

Esa revelación le hizo un nudo en la garganta. El abuso al que las había sometido ese canalla...

Luca sintió el deseo de apretar su mano, de enredar los dedos con los suyos para decirle que no estaba sola.

–Me encanta ver a una mujer que disfruta de la comida.

–Seguro que las mujeres con las que sales saben contenerse –dijo ella, apartando la mirada.

¿Estaba celosa? La sospecha tocó su ego masculino. Y ese ego despertó de nuevo cuando insistió en comprarle un bikini para que pudiese bañarse en la playa.

Aunque los tres pequeños triángulos negros no ayudaban a contener su libido. Por suerte, el bañador que había comprado para él era lo bastante ancho como para disimular su reacción.

Como si hubiera leído sus pensamientos, Serena intentó cubrir sus pechos con el sujetador del bikini, algo que solo sirvió para que la voluptuosa carne escapase por los lados.

Luca tuvo que contener un gemido.

En la tienda le había dicho:

–No pienso ponerme eso, es indecente.

–Créeme, cuando veas lo que la mayoría de las mujeres llevan en la playa te sentirás vestida –había bromeado él.

Y cuando llegaron a la playa, la reacción de Serena no había tenido precio. Con la boca abierta, los ojos como platos, observaba el desfile de cuerpos medios desnudos como si no lo creyera.

Luca se dio cuenta del interés que despertaba la pálida rubia y había tenido que fulminar con la mirada a varios hombres.

El sol empezaba a esconderse y el público aplaudió mientras la bola roja desaparecía en el horizonte, a la izquierda de una de las montañas de Río.

Serena se sentó y envolvió sus rodillas con los brazos, sonriendo.

–Me encanta que hagan eso.

Esa alegría por algo tan sencillo parecía burlarse de su cinismo. Y entonces Luca se dio cuenta de que también él estaba disfrutando. Hacía tanto tiempo desde la última vez que se detuvo para apreciar una puesta de sol...

Desde muy joven había estado tan decidido a contrarrestar el legado corrupto de su padre que apenas tenía tiempo para disfrutar de la vida. Elegía mujeres disponibles solo para pasar un buen rato, sin ataduras. Simplemente, sexo para aliviar la frustración.

Nunca se había relajado al típico estilo carioca con una hermosa mujer a su lado.

El sol se escondió del todo y cuando ella lo miró, lo único que podía ver era el pelo rubio mojado cayendo sobre sus hombros y rozando el nacimiento de sus pechos. Sus labios, como pétalos de rosa aplastados, parecían suplicar que la besase. Y el recelo en sus preciosos ojos azules solo servía para encender más su libido.

–Vámonos –dijo con sequedad.

Serena no podía haber malinterpretado el brillo carnal en sus ojos. Había estado mirándola así durante todo el día, como si no la hubiera visto antes. Y aquel día... aquel día había sido como un sueño.

Sentía un cosquilleo en la piel. No sabía si era el efecto de estar con Luca o el resultado de ver a las chicas de Río abrazar libremente su sensualidad durante toda la tarde, pero en aquel momento estaba temblando de deseo.

–Sí –murmuró.

Se levantó y Luca hizo lo propio, ofreciéndole el vestido que se había puesto esa mañana.

Caminaron hasta el coche y cuando la tomó de la mano Serena apretó sus dedos. Llevaba una camisa abierta sobre el bañador y su corazón se encogió porque parecía más joven y más relajado que el hombre aterrador al que había conocido cuando llegó a Río.

Cuando subieron al coche le preguntó:

–¿Vamos a tu apartamento?

–No, a mi casa en Alto Gávea. Está más cerca.

El corazón de Serena se aceleró. A su casa.

Hicieron el resto del camino en silencio, como si la conversación fuera superflua y no pudiese penetrar la espesa tensión sexual que había entre ellos.

Aquella parte de Río, envuelta en bosque, le recordaba la selva y cuando llegaron a su casa se quedó sin aliento. Era un edificio colonial de dos plantas, con tejas de terracota y situado literalmente en medio del frondoso bosque de Tijuca. Era un sitio maravilloso.

Luca detuvo el coche y la miró durante largo rato. Estaban como suspendidos en el tiempo, el silencio roto solo por el canto de algún pájaro.

El hechizo se rompió cuando Luca salió del coche, pero Serena dejó escapar un grito de sorpresa cuando la tomó en brazos para llevarla hacia la casa. Subió las escaleras de dos en dos hasta un enorme dormitorio y, por las ventanas abiertas, vio el Cristo Redentor iluminado sobre la ciudad.

Todo era como un sueño y Serena no quería analizar la importancia de lo que estaba pasando.

Luca la dejó en el suelo y desapareció en el baño para abrir el grifo de la ducha. Cuando salió empezó a quitarse la ropa hasta quedar desnudo, descaradamente masculino y orgulloso.

–Ven aquí.

Ella obedeció sin discutir y, después de quitarle el vestido, Luca deshizo el lazo del bikini y dejó que cayera al suelo.

Luego tiró hacia abajo de las bragas y Serena levantó los pies para librarse de la prenda. Así, desnuda, nunca se había sentido más femenina O más libre de las sombras que la habían perseguido durante tanto tiempo. No habían desaparecido del todo, pero por el momento era suficiente.

Luca tomó su mano para llevarla a la ducha, acorralándola en el pequeño cubículo. Cuando se apoderó de su boca Serena abrió los ojos para ver su ardiente mirada. Estaba lista, húmeda para él, ansiosa al verlo tan excitado. Luca la levantó y le pidió que enredase las piernas en su cintura, pero se detuvo de repente.

Ella lo miró, sin aliento.

–¿Qué ocurre?

–No tengo ningún preservativo, cariño. Tenemos que salir de aquí.

Serena se sentía mareada mientras la sacaba de la ducha. Podía ver un gesto de dolor en su rostro por la interrupción, pero se alegraba de que mantuviese la cabeza fría porque ella estaba demasiado perdida como para pensar en preservativos.

La dejó sobre la cama y sacó un preservativo de la mesilla. Mirándola a los ojos, rasgó el sobrecito y se lo puso con manos grandes y capaces. Serena se sentía totalmente lujuriosa mientras observaba esa demostración de virilidad.

Y luego se colocó sobre ella mientras le preguntaba con voz ronca:

–¿Todo bien?

Serena asintió con la cabeza porque no podía hablar. Enredó las piernas en su cintura y Luca empezó a empujar con fuerza, casi con furia, mirándola a los ojos, sin dejar que ella apartase la mirada.

El placer estalló en unos minutos. Estaba tan dispuesta... era como si fuese lo más fácil del mundo, como si no fuera su primera vez con él.

Serena mordió su hombro y un poderoso espasmo

sacudió su cuerpo cuando Luca se liberó en su interior, empujando rítmicamente hasta que se hubo vaciado del todo. Cayó sobre ella, temblando de arriba abajo. Y Serena adoraba el peso de su cuerpo, el íntimo temblor de su miembro.

Por fin se apartó para colocarse a su lado, jadeando, y cuando giró la cabeza lo encontró mirándola con una enigmática sonrisa en los labios.

–Me haces perder la cabeza... –admitió con voz ronca.

Serena hizo una mueca. La confesión no era muy consoladora porque daba la sensación de que a Luca no le gustaba esa revelación.

Pero luego volvió a besarla, haciendo que se olvidase de todo. Tenía demasiado miedo de enfrentarse con la sospecha de que se había enamorado de aquel hombre y ya no había forma de volver atrás.

Tres días después

–¿Señorita De Piero? El señor Fonseca me ha dicho que tiene un compromiso importante y que debería comer sin él.

–Ah, gracias –Serena colgó el teléfono y miró el estofado de pollo burbujeando en la olla.

Tenía un compromiso importante. ¿Qué significaba eso?

Era absurdo sentirse decepcionada, pensó. Había comprado los ingredientes durante la hora del almuerzo y en cuanto salió de la oficina corrió a la casa para empezar a prepararlo.

Pero en aquel momento se sentía ridícula porque... ¿no era un cliché? La mujer en casa haciendo la cena para su hombre y enfadándose porque él tenía un compromiso más importante.

Mortificada al preguntarse cuál habría sido la reacción de Luca ante tan idílica escena doméstica perdió el apetito por completo. Suspirando, apartó la olla del fuego y dejó enfriar el estofado. Cuando estuvo lo bastante frío, lo guardó en la nevera, aunque le habría gustado tirarlo a la basura.

Nerviosa, salió a la terraza. El maravilloso paisaje de Río la calmaba como Atenas nunca había podido hacerlo, aunque era su casa en ese momento.

–*Maledizione* –murmuró en italiano. Y luego maldijo a Luca por hacer que se enamorase de él.

El fin de semana había sido asombroso. Recordaba a Luca besando el tatuaje en su hombro y diciendo en voz baja: «¿sabes que las golondrinas representan la resurrección?»

Ella había asentido con la cabeza, sintiéndose absurdamente emocionada al pensar que lo había entendido.

Cuando despertaron el domingo, Luca le había dicho que tenía que visitar una *favela* y Serena insistió en ir con él. Había visto de primera mano su compromiso con la ciudad en el asombroso centro comunitario Fonseca, en el que se impartían clases de literatura, idiomas, negocios. Incluso había una guardería. Luca intentaba ofrecer oportunidades a los más necesitados.

Poco después encontró a Luca en medio de un grupo de hombres, haciendo *capoeira*, una forma brasileña de artes marciales. Se había quitado la camisa y su torso brillaba de sudor mientras ejecutaba ágiles y elegantes movimientos siguiendo el ritmo de un tambor.

No era la única mujer que admiraba su físico espectacular. Un montón de chicas se habían reunido para disfrutar del espectáculo, pero Serena tuvo un presagio cuando Luca la miró. Había algo indescifrable en su rostro. Cuando llegó a su lado parecía diferente, como si se hubiera encerrado en sí mismo.

Aunque hicieron el amor durante toda la noche, seguía notando algo raro en él, aunque no sabría decir qué era. Cuando despertó, Luca se había ido y no volvió a verlo hasta esa tarde... y entonces él la besó tan apasionadamente que la preocupación desapareció, remplazada por el deseo. Sabía que Luca no estaba interesado en nada más y cada momento que pasaba con él la rompía por dentro. Especialmente cuando la miraba como si fuese una bomba de relojería. Sin embargo, la besaba como si le fuese la vida en ello. Estaba claro que era un conflicto para él. Había admitido que le resultaba difícil acostumbrarse a la idea de que no era quien él había creído, casi como si hubiera preferido que fuese la degenerada princesa acostumbrada a montar escándalos.

Tenía que enfrentarse con la realidad, se dijo. Su confesión, aunque liberadora para ella, no había provocado ningún cambio en Luca.

Por supuesto que no. Para él, aquello solo era una aventura, una forma de saciar un deseo contenido durante años. Que eso hubiera llevado a una revelación para ella era lo único que tendría como consuelo cuando todo terminase.

Y tendría que ser suficiente.

Cuando Luca entró en el apartamento era medianoche y se sentía más culpable que nunca. Sabía que Serena habría hecho la cena porque se lo había dicho por la mañana, cuando bajó un momento a su oficina.

Una visita que, por cierto, había sorprendido a los empleados ya que no era habitual que pasara por allí.

El apartamento estaba silencioso, pero algo olía de maravilla en la cocina. Cuando abrió la nevera y vio el estofado se le encogió el corazón. Pensar que tal vez Serena no habría cenado porque él no estaba allí hizo que se sintiera como un canalla. Ni siquiera era consciente de que supiese cocinar hasta que le contó que había tomado unas clases en Atenas.

Y tampoco sabía lo profundamente cautivado que estaba por ella hasta que la miró en la *favela* y entendió la enormidad de lo que estaba pasando. Había tenido que verla en contraste con aquel polvoriento telón de fondo... Serena de Piero, la princesa salvaje, tan cómoda en aquel sitio como si hubiera nacido allí. A pesar de su cabello rubio y su aspecto aristocrático.

Al ver cómo la miraban los hombres había experimentado la misma emoción que lo había embargado en la playa.

Celos. Por primera vez en toda su vida.

Fue en ese momento cuando, sintiéndose más vulnerable que nunca, decidió apartarse de algo que le parecía peligroso. Él sabía mejor que nadie lo voluble que era la gente y también que no podías confiar en nadie.

Sus propios padres lo habían decepcionado separándolo de su hermano, decidiendo sus diferentes destinos como si fueran dioses griegos jugando con meros mortales. Durante años había tenido pesadillas en las que sus padres tiraban de sus brazos y los brazos de Max hasta que sus miembros estaban tan mezclados que ya no sabía quién era uno u otro.

Serena lo afectaba demasiado, se metía bajo su piel. Y él la había juzgado tan mal...

Acababa de mantener una conversación con su

hermano, que estaba en Río por un asunto de negocios, y se sentía más culpable y más idiota que nunca.

Y, sin embargo, mientras la miraba desde la puerta del dormitorio, su hermoso pelo extendido sobre la almohada, empezó a quitarse la ropa sin pensar. Quería meterse en la cama con ella, perderse en ella en un intento desesperado de olvidar cómo estaba cambiándolo aquella mujer.

Cuando Serena despertó y giró la cabeza para mirarlo Luca se apoderó de sus labios sin decir nada. Tenía que ser fuerte porque aquello terminaría pronto, en cuanto supiera lo que su hermano le había contado. Porque entonces el pasado que los ataba habría desaparecido.

Pero aún no.

Cuando Serena despertó al amanecer estaba sola en la cama, pero el cosquilleo en su cuerpo y el placentero escozor entre las piernas le decían que no lo había soñado. No había soñado la pasión de Luca, que la había llevado al precipicio una y otra vez hasta que estuvo agotada, deshecha, suplicando que tuviese compasión.

Era como si se viese empujado por algo, como si estuviera desesperado.

Parpadeó, intentando despertar del todo. Aunque estaba saciada y letárgica después del encuentro, tenía el corazón pesado. Amaba a Luca, pero sabía con certeza que él no la correspondía. La deseaba, nada más.

Lo único que le importaba de verdad era su compromiso con el medio ambiente, hacer un mundo mejor en la medida de sus capacidades, no ser como sus antecesores. Ella podía entenderlo y sabía que no podía seguir enamorándose de él porque el dolor de la separación sería terrible.

Suspirando profundamente, notó el roce de algo cuando movió la cabeza y vio una nota sobre la almohada.

Serena abrió el papelito y leyó:

Por favor, ve a mi despacho cuando despiertes. Luca.

De nuevo, tuvo un presagio. Empezaba a entender las desesperadas caricias de la noche anterior. Iba a decirle que todo había terminado. Las señales habían estado ahí durante días, desde que fueron a la *favela*.

Y, de repente, se enfureció. Estaba dispuesto a decirle adiós después de saciar su deseo... un deseo que, evidentemente, había desaparecido. Pero ella disfrutaba tanto trabajando en la fundación, necesitaba tanto ese trabajo.

Pero, por mucho que le gustase Río de Janeiro, no podría estar tan cerca de él en el futuro sin formar parte de su vida, viéndolo con otras amantes...

Pero no iba a dejar que la descartase sin más. Por mucho que hubiera pasado entre ellos, Luca le debía un puesto de trabajo y debía volver a casa. Luca estaba dispuesto a decirle adiós y Serena se dijo a sí misma que estaba preparada.

Solo al notar que le temblaban las manos en la ducha tuvo que admitir que su ira provenía de un profundo miedo porque sabía que estaba a punto de sufrir como no había sufrido nunca, ni siquiera en sus momentos más bajos, atrapada por sus adicciones. Entonces se había anestesiado contra el dolor, pero ya no tendría nada a lo que agarrarse y no sabía si estaba preparada para soportarlo.

Capítulo 11

CUANDO Serena llamó a la puerta del despacho de Luca una hora después, con un sencillo pantalón y una camisa de seda, se sentía más calmada. Habían pasado dos semanas desde que llegó allí por primera vez, pero era una persona diferente.

Maldito fuera.

Su ayudante abrió la puerta y le hizo un gesto para que entrase. Serena tardó un segundo en darse cuenta de que había otro hombre en el despacho, de pie al otro lado del escritorio. Luca se levantó del sillón al verla.

–Entra, por favor.

Su corazón dio un vuelco. Tan formal. Por un momento se preguntó si el otro hombre sería un abogado dispuesto a romper su contrato.

Cuando se acercó vio el parecido entre los dos hombres. Aunque el segundo tenía los ojos verdes y el pelo rubio oscuro, eran casi idénticos en tamaño y rasgos. El extraño era tan atractivo como Luca... a pesar de tener una cicatriz que iba desde la sien al mentón. Aunque parecía salido de las páginas del *Vogue* italiano con su inmaculado traje oscuro, su aspecto era peligroso.

Acababa de entender quién era cuando Luca dijo:

–Te presento a mi hermano, Max Fonseca Roselli.

Serena dio un paso adelante para estrechar su mano, pero no experimentó la reacción que Luca provocaba con una sola mirada. Sin embargo, al ver el brillo de sus inusuales ojos verdes imaginó que estaría acostumbrado a romper corazones porque poseía la misma indomable arrogancia que su hermano.

–Encantada de conocerte.

–Lo mismo digo.

Se apartó, nerviosa, sintiendo que Luca la observaba. Pero cuando lo miró, su expresión era indescifrable y se enfadó consigo misma. Por supuesto que no tendría celos, que tontería.

Luca les hizo un gesto para que se sentasen.

–Max tiene noticias para ti... y para mí. He pensado que debías hablar con él personalmente.

Serena miró de uno a otro, sorprendida.

–¿De qué se trata?

–Le pedí a Max que investigase lo que había pasado esa noche, hace siete años.

Antes de que pudiera asimilar la información, Max añadió:

–Mi hermano sabe que tengo contactos... no muy recomendables.

El corazón de Serena se encogió por lo que habían sufrido de niños, por cómo sus padres habían decidido su destino como si tirasen unos dados.

–Luca me ha contado lo que pasó.

Max fulminó a su hermano con la mirada.

–Esto no se trata de nosotros –dijo Luca con tono de advertencia.

Serena estuvo a punto de soltar una carcajada. No eran idénticos, pero en aquel momento eran increíblemente parecidos, aunque ellos no se dieran cuenta.

–He estado investigando y he descubierto quién puso las drogas en el bolsillo de Luca esa noche –empezó a decir Max–. Fue un traficante de poca monta que os vio juntos en la discoteca. Sabía que si podía pasaros las drogas a Luca o a ti nadie se molestaría en defenderte.

Serena tragó saliva, avergonzada por el recordatorio de que todo el mundo conocía su manchada reputación. Pero se preguntó por qué Luca le habría pedido a su hermano que investigase.

Max siguió:

–Está en la cárcel en este momento por otro delito, jactándose de cómo os inculpó... parece que no podía guardarse tal «éxito» para sí mismo. Se han presentado cargos contra él y no tiene defensa porque se lo ha confesado ante numerosos testigos.

Por un momento, el alivio fue tan grande que Serena se sintió mareada.

–Entonces podrás limpiar tu nombre, Luca.

Él asintió, pero no parecía feliz. Al contrario.

Max se levantó con la gracia de un atleta.

–Mi vuelo sale en un par de horas. Tengo que irme.

Serena se levantó también.

–Muchas gracias. Esto significa mucho para mí.

Max esbozó una sonrisa antes de lanzar una enigmática mirada sobre su hermano.

–Estaremos en contacto.

Luca asintió. No se abrazaron ni se dieron la mano. Como si fueran dos extraños.

Cuando desapareció, Serena se dejó caer de nuevo sobre la silla, notando que Luca estaba pálido.

–¿Por qué le has pedido que investigase?

Él suspiró pesadamente.

–Porque quería saber la verdad, porque te lo debía. Después de todo, tú has sido sincera conmigo. Tú fuiste una víctima igual que yo. Mereces recuperar tu vida y limpiar tu nombre, Serena. Mis abogados y mi equipo de Relaciones Públicas se encargarán de que la noticia aparezca en los periódicos.

Serena se emocionó al pensar que también quería limpiar su nombre. Tal vez así la gente dejaría de pensar en ella como una degenerada.

Pero no quería hacerse ilusiones porque era evidente que aquel sería su último encuentro. Estaba escrito en su rostro, en la tensión de su cuerpo. Luca quería despedirse de ella.

Lo odiaba un poco por hacerla sentir tanto, por hacer que se enamorase. Maldito fuera.

–¿Y si Max no hubiera encontrado al culpable me habrías creído?

Luca se levantó, la camisa blanca tensa sobre el ancho torso, los pantalones destacando sus largas piernas. Y así, de repente, Serena sintió que le ardía la cara.

–En realidad, empecé a creer en tu inocencia cuando estábamos en la selva.

Serena se odiaba a sí misma por dudar, por pensar que estaba mintiendo. Pero enseguida tuvo que admitir que Luca Fonseca no mentía. Era una persona decente.

Por fin, se levantó con las piernas temblorosas.

–Gracias por confirmarlo.

Luca la miró un momento antes de decir:

–Serena...

Pero ella levantó una mano porque no quería escucharlo.

–Espera. Antes tengo algo que decirte.

Sabía que debía ser sincera. Tal vez nunca volvería a verlo y el deseo de decirle lo que sentía era incontenible.

–Me he enamorado de ti, Luca.

Vio que palidecía y algo se rompió en su interior, pero estaba decidida a disimular.

–Sé que es lo último que quieres escuchar. Nosotros no... –Serena vaciló–. Entre nosotros no hay amor y sé que todo ha terminado. Después de esto –añadió, señalando la silla en la que había estado sentado Max– no nos debemos nada. Y lamento de verdad que tu encuentro conmigo fuese tan desastroso para ti.

Luca frunció el ceño.

–No tienes que disculparte... si no hubiera estado tan convencido de que tú eras la culpable me habría encargado de hacer una investigación hace años. Tú también has tenido que sufrir el estigma de la acusación.

Serena sonrió amargamente.

–Yo estaba acostumbrada. No tenía una reputación que defender.

–No, tu padre se encargó de eso.

–Tengo que volver a casa. Tengo que hablar con mi hermana y denunciar a mi padre para que pague por lo que hizo.

–Si puedo ayudarte en algo, por favor dímelo.

El corazón de Serena se encogió. Tan amable, tan atento. Nada que ver con su primer encuentro en aquel mismo despacho. Y, aunque sabía que su familia la ayudaría, sentía una pena inmensa porque la única persona a la que quería a su lado el día que se enfrentase con su padre era Luca.

Pero eso no iba a pasar.

Levantó la barbilla, intentando olvidar la declaración de amor que él no había correspondido. Esa fantasía debía quedar donde guardaba los sueños de tener algún día una vida tan feliz como la de su hermana. Pero al menos podía llevarse algo bueno con ella.

–¿Entonces vas a darme el trabajo?

–Por supuesto... cuando quieras –respondió Luca,

haciendo que otro pedazo de su corazón se rompiese. Estaba deseando decirle adiós.

–Me gustaría volver a Atenas hoy mismo.

–Laura se encargará de todo –asintió él, sin mirarla.

Tan amable, tan seco.

–Gracias.

Estaba en la puerta del despacho cuando él la llamó.

–Serena...

Con el corazón acelerado, intentando no albergar esperanzas, se dio la vuelta. Luca la miraba con gesto torturado, pero se limitó a decir:

–Lo siento.

Su corazón se hundió como una piedra. Sabía que no la quería, pero el espíritu humano era tan optimista... incluso sabiendo que no había ninguna posibilidad.

Tuvo que hacer un esfuerzo para sonreír.

–No lo sientas. Gracias a ti he descubierto lo fuerte que soy. Es un regalo precioso.

«Gracias a ti he descubierto lo fuerte que soy. Es un regalo precioso».

Luca estaba paralizado y tuvo que parpadear para volver al presente cuando notó que Laura, su secretaria, había entrado en el despacho y lo miraba con gesto preocupado.

–¿Señor Fonseca? ¿Se encuentra bien?

Algo dentro de él se rompió entonces; algo asombroso y de dolorosa intensidad, como un fuerte calor penetrando unos miembros congelados.

–No –respondió con sequedad, dirigiéndose al bar para servirse un whisky.

Cuando se dio la vuelta, su secretaria lo miraba con cara de sorpresa.

–¿Qué ocurre?

Laura titubeó.

–Es... la señorita De Piero. Pensé que querría saber que va de camino al aeropuerto. Tomará un vuelo a Atenas esta misma tarde.

–Gracias –dijo Luca, con los dientes apretados–. No estaré disponible durante el resto del día. Cancela todas mis reuniones y vete a casa si quieres.

Laura parpadeó.

–Sí, señor Fonseca –murmuró, sorprendida. Y luego salió del despacho a toda prisa, como si fuese a morderla.

Luca esperó hasta que cerró la puerta y, unos segundos después, salió de la oficina. Tenía que salir de allí porque se sentía como un animal herido que podría hacerle daño a alguien.

Vio a un par de personas intentando acercarse mientras salía del edificio, pero su salvaje expresión debió decirles que no sería buena idea. Caminó sin rumbo hasta que se dio cuenta de que estaba en la playa de Ipanema, donde había llevado a Serena unos días antes.

La escena era la misma incluso en un día laborable: los preciosos cuerpos, las parejas, las olas. Pero parecía reírse de él por haberse sentido tan feliz aquel día, por creer por un momento que podía ser como esa gente. Que podía sentir lo mismo que ellos.

Enfadado, se quitó la corbata y la chaqueta para tirarlas sobre un banco. Ese era el problema: sabía que no podía sentir. Esa capacidad le había sido robada el día que su hermano y él fueron separados por unos padres irresponsables y crueles.

De niños se habían querido mucho, tanto como para tener un lenguaje propio que solo ellos entendían y que solía volver locos a sus padres. Luca recordaba haber intuido que pasaba algo ese día, cuando su padre los hizo entrar en su estudio...

Su madre se había inclinado para hablarle al oído y él había notado que su aliento olía a alcohol.

–Luca, cariño, te quiero tanto que voy a llevarte a Italia conmigo. ¿Quieres venir?

Él había mirado a Max, que estaba al lado de su padre. Max quería mucho a su madre y, aunque también él la quería, no le gustaba cuando llegaba borracha a casa. Su hermano, en cambio, no toleraba ninguna crítica.

–¿Pero y Max? ¿A él no lo quieres? –preguntó.

Ella había suspirado, impaciente.

–Pues claro que sí, pero Max se quedará aquí, con tu padre.

Luca empezó a asustarse de verdad.

–¿Para siempre?

Ella había asentido con la cabeza.

–Sí, *caro*, para siempre. No lo necesitamos, ¿verdad que no?

Luca miró a Max, que estaba pálido y con los ojos llenos de lágrimas.

–*Mamma*...

Su madre, enfadada, lo tomó de la mano para sacarlo del estudio. Luca sentía como si estuviera en una pesadilla. Llorando, Max corrió hacia ella y se agarró a su cintura. Fue entonces cuando Luca experimentó una extraña sensación; era como si Max estuviese haciendo lo que él quería, pero no era capaz de hacer. Todo era demasiado horrible.

Su madre lo empujó hacia su padre mientras intentaba hacer callar a Max.

–¡Basta! Deja de lloriquear. Te llevaré conmigo –anunció–. A tu padre le da igual con quién se quede.

El oscuro recuerdo desapareció. Su madre le había dicho que lo quería y, diez minutos después, había demostrado lo vacías que eran esas palabras. Había cambiado a un hermano por otro como si estuviera eligiendo vestidos en una tienda.

Serena también había dicho que lo quería.

En cuanto pronunció las palabras Luca se había visto transportado al estudio de su padre, encerrado en sí mismo, esperando el momento en el que demostraría que no estaba diciendo la verdad. Solo lo decía porque eso era lo que hacían las mujeres, ¿no? Ellas no sabían la devastación que podían causar cuando quedaba claro que su amor era una mentira.

Pero parecía tan sincera...

Recordó sus palabras de nuevo: «gracias a ti he descubierto lo fuerte que soy».

Luca se sentía asqueado. ¿Y él era fuerte? ¿Se había enfrentado alguna vez con sus demonios? No, porque se decía a sí mismo que recuperar la confianza en el apellido Fonseca era lo único importante.

Oyó un ruido sobre su cabeza y levantó la mirada. Un avión cruzaba el cielo desde el aeropuerto. Sabía que no podía ser el avión de Serena, pero la imaginó en él, marchándose para siempre, y sintió un ataque de pánico.

Debería haber protestado aquel día, cuando sus padres los separaron de forma tan cruel. Debería haberse puesto a gritar en lugar de enterrar el dolor tan profundamente que desde entonces se portaba como un robot, temiendo dar rienda suelta a sus sentimientos. Temiendo enfrentarse con la culpa de saber que podría haber hecho algo más para proteger a Max. Y a él mismo.

Si hubiera mostrado su rabia y su dolor, como había hecho Max, entonces tal vez no habrían sido separados. Dos mitades de un todo desgarradas. Tal vez sus padres se hubieran visto obligados a reconocer la barbaridad que estaban a punto de cometer para hacerse daño el uno al otro.

Y se dio cuenta entonces de que estaba haciéndolo de nuevo. Que mientras tenía una excusa para lo que ocurrió tantos años atrás porque solo era un niño, en aquel momento era un adulto y si no era capaz de gritar, llorar y exigir lo que quería... entonces Max y él habían sido peones para nada.

Tendría que enfrentarse con una vida sin sentido, sin posibilidad de ser feliz. La felicidad nunca había sido una preocupación para él hasta ese momento. Se había contentado con centrarse en la fundación, en el trabajo, intentando convencerse a sí mismo de que eso era suficiente.

Y no lo era. Ya no.

Serena estaba en la sala de embarque de primera clase, agradecida porque había suficiente espacio como para no tener que lidiar con la gente a su alrededor.

No quería pensar en Luca, aunque sus pensamientos volvían a él y a esa expresión: «lo siento».

También ella lo sentía. Incluso lo entendía cuando dijo que desearía no haberla conocido nunca.

Pero ella no lamentaba haberlo conocido. O amado. Aunque sus sentimientos no fueran correspondidos.

En un momento de locura pensó en volver para decirle que aceptaría lo que quisiera darle. Y entonces se vio a sí misma en unos meses, unos años, con el alma encogida por no tener su amor.

No, no podía hacerlo.

La auxiliar de vuelto tomó su tarjeta de embarque y cuando estaba a punto de devolvérsela oyeron unos gritos a su espalda.

–¡Tengo que verla!

Serena se dio la vuelta y vio a Luca a unos metros, retenido por dos agentes de seguridad, despeinado y con expresión salvaje.

–¿Qué estás haciendo? –exclamó, asustada, apartándose de la cola para dejar sitio a los demás pasajeros.

No quería que su corazón latiese tan aprisa. No podía ser. No significaba nada.

–Por favor, no te vayas. Necesito que te quedes.

Serena experimentó una inmediata sensación de euforia, pero intentó controlarla.

–¿Por qué quieres que me quede?

Los guardias de seguridad seguían sujetándolo, pero él no parecía darse cuenta. Estaba como enfebrecido, su voz ronca de emoción.

–Cundo dijiste que me querías no podía creerlo. Me daba miedo creerlo. Mi madre me dijo eso antes de cambiarme por mi hermano... como si no le importase nada.

A Serena se le encogió el estómago.

–Ay, Luca... –murmuró, mirando a los hombres de seguridad–. Por favor, déjenlo pasar.

Por fin lo hicieron, aunque se quedaron cerca, dispuestos a retenerlo si volvía a provocar una escena.

Luca tomó su mano y se la llevó al pecho, haciendo que Serena notase los latidos de su corazón.

–Dijiste que me querías, pero una parte de mi aún no puede confiar del todo... no puedo creerlo. Me da pánico que un día me dejes, que confirmes mis miedos. Desde niño he pensado que cuando la gente dice «te quiero» en realidad van a romperte el corazón.

Serena levantó la otra mano para tocar su cara. Sabía que estaba asustado.

–¿Me quieres? –murmuró.

Luca pareció pensarlo un momento.

–Pensar en no volver a verte, en una vida sin ti... me resulta insoportable. Si eso es amor, entonces te quiero. Te quiero más de lo que nunca he querido a nadie.

El corazón de Serena rebosaba de amor.

–¿Estás dispuesto a dejar que te demuestre cuánto te quiero?

Él asintió.

–El dolor de no volver a verte es mucho peor que el dolor de enfrentarme con mis patéticos miedos.

Ella sacudió la cabeza, las lágrimas nublando su visión.

–No son miedos patéticos, Luca. Yo estoy tan asustada como tú.

Luca sonrió, aunque era una sonrisa incierta, su habitual arrogancia remplazada por la emoción.

–¿Tú, asustada? No es posible. Eres la persona más valiente que conozco y no tengo intención de separarme nunca de ti.

Serena intentó contener las lágrimas cuando la abrazó, buscando sus labios con desatada pasión.

Cuando se separaron, la gente a su alrededor empezó a aplaudir. Serena, avergonzada, enterró la cara en el pecho de Luca.

–¿Vienes a casa conmigo?

A casa. A su casa, con él.

La ferocidad y la velocidad con la que se habían encontrado el uno al otro la asustó por un momento. ¿Podía confiar?, se preguntó. Pero en los ojos de Luca veía sus sentimientos como en un espejo y decidió agarrar el sueño antes de que desapareciese.

–Sí, vamos a casa.

Al día siguiente, Serena se levantó de la cama y, después de ponerse una camiseta ancha, fue a buscar a Luca en su casa de Alto Gávea. Seguía sintiéndose un poco aturdida por todo lo que había pasado desde el día anterior. Luca y ella habían vuelto del aeropuerto y, después de hacer el amor, habían hablado hasta el amanecer. Él había prometido ir a Atenas con ella para empezar el largo proceso de contarle todo a su familia y denunciar a su padre.

Oyó un ruido mientras se acercaba al estudio y cuando entró lo vio sentado frente a su escritorio, en vaqueros, con una deliciosa sombra de barba. Él levantó la mirada y sonrió.

–Ven aquí.

Serena dejó que la tomase por la cintura para sentarla sobre sus rodillas y, después de unos besos que la dejaron sin aliento, se echó hacia atrás.

–¿Qué hacías?

–Echando un vistazo a las noticias.

Señaló con la cabeza la pantalla del ordenador y Serena giró la cabeza. Cuando se dio cuenta de lo que estaba viendo tuvo que tragar saliva. Las redes estaban llenas de fotos de los dos besándose apasionadamente en el aeropuerto, evidentemente tomadas con móviles.

Un titular decía: *¿Ha conseguido Fonseca dominar a la salvaje Serena de Piero?*

Otro titular anunciaba: *¡Fonseca y De Piero retoman su escandaloso romance!*

–Lo siento –murmuró, sintiéndose enferma–. Esto es precisamente lo que había temido.

Pero él se encogió de hombros, con los ojos brillantes y claros. Sin sombras.

–Me da igual lo que digan. Además, se equivocan, eres tú quien me ha dominado.

Serena acarició su cara, el amor haciendo que se formase un nudo en su garganta.

–Te quiero tal como eres.

–Quiero llevarte a todas las playas de Sudamérica para que veas la puesta de sol, empezando por las playas de Río.

–Podríamos tardar algún tiempo.

–Espero que una vida entera, por lo menos.

Levantó su mano izquierda para besar el dedo anular, con una pregunta en los ojos y una nueva tensión en su cuerpo. A Serena le dolía el corazón al pensar que pudiese dudar de su amor.

De modo que asintió con la cabeza y dijo sencillamente:

–Sí. La respuesta siempre será sí, mi amor.

Tres años después.

Un reportero estadounidense estaba frente a las puertas del Juzgado de Roma, con el micrófono en la mano.

–Es el juicio del año en Italia, de la década incluso. Lorenzo de Piero por fin ha sido juzgado y condenado por su brutalidad y corrupción. Nadie podría haber imaginado hasta qué punto hizo sufrir a su mujer y sus hijas, pero su sentencia garantiza que vivirá el resto de sus días en la cárcel.

La prensa seguía atónita tras descubrir que la privilegiada vida de la famosa heredera Serena de Piero había sido una mentira.

Tras el reportero empezó un frenesí de actividad cuando varias personas salieron del majestuoso edificio. El primero, Rocco de Marco, el hijo ilegítimo de Lorenzo de Piero, con su pelirroja esposa, Gracie. Tras ellos, Siena Xenakis y su marido, Andreas.

Pero los reporteros esperaban con impaciencia a la protagonista: Serena Fonseca, que había subido al estrado durante cuatro días seguidos para hacer una letanía de cargos contra su padre. Entre los cuales estaba el asesinato de su esposa, la madre de Serena, que ella había presenciado cuando tenía cinco años.

Si alguien había cuestionado la fiabilidad del recuerdo de una niña de cinco años, las pruebas del sistemático maltrato de su padre, que había buscado la complicidad de un médico corrupto para engancharla a los fármacos, habían disipado cualquier duda.

Su testimonio había sido más conmovedor porque estar en el último mes de embarazo no había evitado que testificase o se enfrentase a su padre cada día del juicio. Pero todo el mundo estaba de acuerdo en que la constante presencia y apoyo de su marido, Luca Fonseca, le había dado fuerzas para hacerlo.

Por fin, la llamativa pareja salió del Juzgado. Luca Fonseca sujetaba a su mujer por la cintura en un gesto protector y los fotógrafos capturaron su sonrisa de alivio.

Los abogados de las respectivas partes se detuvieron para hablar con la prensa mientras la familia subía a varios vehículos y eran escoltados por la policía hasta un lugar secreto, donde iban a reunirse para celebrar la sentencia después de tantos meses de angustia.

Luca miró a Serena en el asiento del Land Rover y se llevó su mano a los labios.

–¿Estás bien?

Ella sonrió. Sentía como si por fin, después de tantos años, se hubiera quitado el enorme peso que había llevado sobre los hombros.

–Cansada, pero contenta de que todo haya terminado.

Luca la besó apasionadamente, pero cuando se apretó Serena frunció el ceño y miró hacia abajo.

–¿Qué ocurre? ¿No te encuentras bien?

Serena lo miró haciendo un gesto de sorpresa.

–He roto aguas... por todo el asiento.

El conductor miró por el espejo retrovisor con cara de susto y, discretamente, tomó un móvil para hacer una llamada.

Serena estuvo a punto de reír al ver la expresión aterrorizada de Luca. Llevaba semanas en estado de alerta, observándola como un halcón y reaccionando de forma exagerada ante cualquier dolorcillo sin importancia. Pero aquello no era un «dolorcillo».

Luca apretó su mano al ver el gesto de dolor.

–Dios mío, estamos de parto.

Angustiado, le pidió al conductor que los llevase al hospital más próximo. La escolta policial ya estaba apartándose del resto del convoy y el conductor le aseguró en italiano:

–Estoy en ello, llegaremos en diez minutos.

Luca se echó hacia atrás en el asiento, con el corazón acelerado, una enorme bola de amor y emoción en el pecho. Miró el hermoso rostro de su querida esposa y esos ojos azules en los querría ahogarse.

–Te quiero –dijo con voz ronca, las palabras saliendo de su corazón.

–Yo también te quiero.

La sonrisa de Serena era un poco débil, pero en sus ojos podía ver la misma emoción que debía haber en los suyos. En silencio, puso una mano sobre el hinchado abdomen que albergaba a su hijo, el bebé que estaba a punto de empezar el viaje para conocerlos por fin.

Su mujer, su familia... su vida. Se había enriquecido más allá de lo que nunca hubiera podido imaginar.

Y ocho horas después, cuando tuvo a su hija recién nacida en brazos, con la carita toda arrugada y más preciosa que nada que hubiera visto nunca, salvo su mujer, Luca supo que confiar en el amor era la más asombrosa revelación de todas.

* * *

El próximo mes, podrás conocer la historia de Max Fonseca en el segundo libro de la miniserie *Lazos rotos* titulado:

REENCUENTRO CON SU PASADO